EIN PERRY RHODAN-TASCHENBUCH

Clark Darlton

Gestrandet auf Terra II

VERLAGSUNION ERICH PABEL-ARTHUR MOEWIG KG,
7550 RASTATT

PERRY RHODAN-Taschenbuch
erscheint monatlich in der Verlagsunion Erich Pabel-
Arthur Moewig KG, 7550 Rastatt

– Originalausgabe –
Titelbild: Alfred Kelsner
Redaktion: Dr. Florian F. Marzin
Vertrieb: Verlagsunion Erich Pabel-Arthur Moewig KG, 7550 Rastatt
Druck und Bindung: Elsnerdruck, Berlin

Alleinvertrieb und Auslieferung in Österreich:
Pressegroßvertrieb Salzburg Gesellschaft m.b.H.,
Niederalm 300, A-5081 Anif
Einzelheft-Nachbestellungen richten Sie bitte an:
TRANSGALAXIS-Buchversand, Postfach 1127,
6382 Friedrichsdorf/Taunus
Lieferung erfolgt gegen Vorkasse (zuzügl. DM 3,– Versandkosten),
per Nachnahme (zuzügl. DM 6,– Versandkosten) oder gegen Rechnung
(zuzügl. DM 3,– Versandkosten).
Abonnement-Bestellungen sind zu richten an:
Verlagsunion Erich Pabel-Arthur Moewig KG, 7550 Rastatt
Lieferung erfolgt zum Verkaufspreis plus ortsüblicher Zustellgebühr
Printed in Germany 1990
ISBN 3-8118-5171-3

1.
EX-79

Das Landemanöver des Explorers EX-79 war eine reine Routineangelegenheit. Das Schiff durchquerte nach Abstrahlen des Erkennungsignals den schalenförmig angeordneten Sperrgürtel, der das heimatliche Sonnensystem vor ungebetenen Besuchern aus den Tiefen des Alls schützte.

Der Sechzig-Meter-Kugelraumer unter dem Kommando von Marc Hansen kehrte nach einem erfolgreichen Flug aus dem westlichen Sektor der Milchstraße zur Erde zurück, einer wohlverdienten Ruhepause entgegen. Es gab niemanden an Bord, der sich nicht auf seinen Urlaub auf Terra gefreut hätte.

Kevin O'Hara warf einen letzten Blick auf den Panoramaschirm, ehe er sich an seinen Kommandanten wandte:

„Gehst du wieder nach Australien, Marc?"

Hansen ließ die Kontrollinstrumente nicht aus den Augen, als er seinem Ersten Offizier antwortete:

„Diesmal nicht, Kevin. Auf dem Planeten, den wir entdeckten, habe ich genug Sonne getankt. Diesmal ist es Feuerland."

Kevin stieß einen verblüfften Pfeiflaut aus.

„Feuerland . . .? Das Ende der Welt, würde ich sagen. Und da willst du einen Urlaub verbringen? Na, ich weiß nicht . . ."

„Ich war da schon einmal, mußt du wissen. Eine immer

noch wilde und einsame Gegend, richtig erholsam. Was soll ich in den überfüllten Urlaubsgebieten anfangen? Da tritt doch einer dem anderen auf die Füße.“

„Stimmt auch wieder, Marc. Aus dem gleichen Grund werde ich mich auf meine Grüne Insel begeben und auf Gespensterjagd gehen, die sollen ja da noch immer herumspuken.“

Die EX-79 hatte die Geschwindigkeit stark gedrosselt und näherte sich nach Überquerung der Marsbahn dem letzten Sperrgürtel, der Terra umgab. Funksprüche wurden ausgetauscht, und dann schob sich der Raumhafen von Terrania groß ins Bild.

Es wurde, wie nicht anders erwartet, eine perfekte Landung.

Die übliche Routine nach der Ankunft nahm schon mehr Zeit in Anspruch. Die zeitlich geordneten Bildaufzeichnungen der Forschungsreise wurden in einem versiegelten Behälter zum Computer-Speicher-Center der Solaren Flotte transportiert, um dort ausgewertet zu werden. Techniker des Wartungsdiensts nahmen sich der EX-79 an, um das Schiff auf seinen nächsten Flug vorzubereiten. Proviant und Ausrüstung wurden überprüft und ergänzt.

Marc Hansen erstattete seinem Flottenchef mündlich Bericht und erhielt erwartungsgemäß seinen verdienten Urlaub, ebenso wie die gesamte Mannschaft.

Als er drei Wochen später nach Terrania zurückkehrte, gab es für ihn eine Überraschung. Statt unmittelbar nach seiner Ankunft einen neuen Forschungsauftrag zu erhalten, wurde er gebeten, sich im Computer-Center der Flotte zu melden.

„Tut mir leid“, entschuldigte sich der diensthabende Techniker nach der Begrüßung. „Eine Anordnung von oben. Sie werden in Kürze einen neuen Auftrag für die EX-79 erhalten. Bis dahin jedoch wäre es sehr nützlich, wenn Sie uns Ihre praktischen Erfahrungen zur Verfügung stellen würden. Die gespeicherten Unterlagen der Explorerflotte müssen gesichtet und nach Verwendung neu geordnet werden. Der meiste Kram ist ungenützt liegengeblieben. Seit die Akonen und die Posbis aufgetaucht sind, hat sich niemand mehr um unsere Aufzeichnungen gekümmert, das soll nun nachgeholt werden."

„Ich verstehe", sagte Hansen, obwohl er nichts verstand. „Und was soll ich tun?"

„Ganz einfach herumstöbern, Kommandant, und wenn Sie etwas finden, das von Interesse sein könnte, aussortieren und zur Inspektion vorlegen – natürlich mit Ihrer Expertise."

Marc Hansen nickte ergeben und machte sich an die Arbeit, während sein Erster Offizier und die Besatzung der EX-79 ihren verlängerten Urlaub genossen.

Ein wenig lustlos begann er mit seiner Arbeit, aber dann packte ihn doch so etwas wie ein Entdeckerfieber. Dutzende unbekannte Planetensysteme waren erforscht worden und hatten Namen oder Bezeichnungen erhalten. Bewohnte und unbewohnte Welten, die sich zur Besiedlung anboten, lockten die unternehmungslustigen Terraner – oder hätten sie gelockt, wenn sie von ihnen gewußt hätten. Daten und Koordinaten schlummerten in den Speichern.

Hansens Eifer erwachte. Er begann mit dem Sortieren.

Und dann stieß er auf einen Bericht, der ihm das Abenteuer seines Lebens bescheren sollte.

Auffällig war, daß dieser Bericht nicht von einem Explorer, sondern vom Speicherzentrum selbst verfaßt worden war. Er war unter dem Kennzeichen „Bericht *über* EX-27“ abgelegt worden.

Das *über* konnte nur bedeuten, daß die EX-27 selbst nicht in der Lage gewesen war, diesen Bericht zu erstellen.

Allein diese Tatsache elektrisierte Hansen. Gespannt legte er die mit dem Jahr 2070 gekennzeichnete Bildspule in das Wiedergabegerät und aktivierte es.

Die Aufzeichnung lag nun seit 37 Jahren im Speicher.

Der Bildschirm erhellte sich. Zuerst erschienen Daten und schriftliche Mitteilungen, Auftrag und Auftragsbestätigungen und andere Informationen, die vorerst als unwichtig eingestuft werden konnten.

Um Zeit zu sparen, ließ Hansen die Aufzeichnung schneller laufen. Immer noch Daten, aber keine Bilder, die der Explorer selbst gemacht hatte. Der gesamte Bericht war hier im Computercenter hergestellt und aufzeichnet worden.

Als das Gesicht eines Mannes auf dem Schirm erschien, schaltete er das Gerät auf Normalgeschwindigkeit zurück.

So wurde er Zeuge eines Ereignisses, das nun 37 Jahre zurücklag.

„... Computer-Techniker Darre. 17. Juni 2070, 16.47 Terrania Ortszeit. Seit dem Start der EX-27 sind vier Wochen, zwei Tage, sieben Stunden und drei Minuten vergangen. Während dieses Zeitraums wurden keine Funksprüche des Schiffes empfangen. Die erste und zugleich letzte Verbindung fand vor einer Stunde statt. Sie war einseitig. Ich wiederhole anschließend den Hyperspruch des Kommandanten der EX-27, Sheldon, im Originalton. Die schlechte Qualität ist die Folge magnetischer oder kosmischer Stürme, die zur Zeit der Abstrahlung im Sendegebiet geherrscht haben dürften. Achtung! Ich blende ein."

Es folgte eine sekundenlange Pause. Das Gesicht auf dem Bildschirm verschwand, dafür erschien das Symbol der Explorerflotte. Demnach war kein direktes Bild von der EX-27 empfangen worden.

Nur die von Störungen unterbrochene Stimme Sheldons.

Trotzdem blieb der von Techniker Darre aufbereitete Text voll verständlich.

Kommandant Sheldon begann mit der Bekanntgabe der genauen Koordinaten seiner Position in der Eastside der Milchstraße. 17100 Lichtjahre von Terra entfernt. Dann fuhr er fort:

„Trotz starker Störungen setze ich den folgenden Bericht an das Hauptquartier in Terrania ab, obwohl ich von dort nichts empfangen kann. Deshalb rechne ich auch nicht mit einer Empfangsbestätigung.

Unser Auftrag führte uns in den Ostsektor unserer Galaxis, der als relativ unerforscht gilt. Wie üblich war es unsere Aufgabe, bisher unbekannte Planetensysteme aufzufinden, sämtliche Daten aufzuzeichnen und zu katalogisieren.

Auf diese Weise wurden von uns sechs Systeme erfaßt. In keinem wurde intelligentes Leben festgestellt, jedoch eignen sich drei der aufgelisteten Welten für eine Besiedlung.

Bevor wir uns erneut auf die Suche machten, hielten wir die vorgeschriebene Ruhepause für den Antrieb ein. Das Schiff trieb mit Unterlichtgeschwindigkeit auf das nächste ausgemachte System zu.

Bei diesem System handelt es sich um eine Doppelsonne, eine schimmert bläulich, die andere grün – nicht zu verfehlen. Die Massetaster registrierten vier auf verschlungenen Bahnen kreisende Planeten. Die Doppelsonne war zum Zeitpunkt der nun folgenden Ereignisse exakt 25,7 Lichtjahre vor unserem Bug und stand genau im Zentrum des großen Panoramaschirms.

Wir beendeten die Ruhepause. Die EX-27 setzte zur Transition an und ging in den Hyperraum – aber nur für einige Sekunden Realzeit.

Ohne unser Dazutun fiel das Schiff in das Einstein-Universum zurück. Heute fragen wir uns, ob es wirklich das uns vertraute Universum war – oder etwas anderes.

Denn der Zielstern, die blau-grüne Doppelsonne, war verschwunden. An ihrer Statt stand eine gelbe Normalsonne vor dem Bug, nur wenige Lichtstunden entfernt. Wir begannen sofort mit der Auswertung, ohne den Versuch zu unternehmen, das Phänomen aufzuklären. Es wäre uns ohnehin nicht gelungen, wie wir nun zu wissen glauben.

Die gelbe, unbekannte Sonne wurde von neun Planeten umlaufen – noch hielten wir das für einen erstaunlichen Zufall. Da wir uns den Grenzen des Systems mit der Geschwindigkeit von 0,95 Licht näherten, ging die Auswertung der Daten ungestört weiter, und je mehr Daten wir erhielten, desto verblüffter waren wir.

Es war, als läge vor uns unser eigenes Sonnensystem.

Aber das war völlig ausgeschlossen, denn es gab keine Abwehrforts, Überwachungsschiffe oder sonstige Einheiten der Solaren Flotte. Außerdem mußten wir etwa 17 000 Lichtjahre von Terra entfernt sein. Wir überquerten die Bahn des äußersten Planeten, den wir nur datenmäßig orten konnten. Optisch sichtbar wurde erst der sechste Planet, und seine Ringe versetzten uns erneut in Erstaunen und auch Entsetzen. Es mußte der Saturn sein, denn der fünfte Planet war ohne jeden Zweifel der Jupiter.

Obwohl wir nichts begriffen und im Unterbewußtsein an einen unglaublichen Sprung durch den Raum glaubten, der uns zum Ausgangspunkt unseres Fluges zurückversetzt hatte, setzten wir die vorschriftsmäßigen Funksprüche und Erkennungssignale ab, erhielten jedoch in keinem Fall eine Bestätigung. Unfähig, etwas Entscheidendes zu tun, ließen wir das Schiff weiter in das System hineintreiben, vorbei an dem Zwilling des Mars, auf dem wir keine Spuren von Leben feststellten, dem dritten Planeten entgegen.

Er hatte einen Mond, aber er sah so aus, wie wir ihn von Fotos aus dem 20. Jahrhundert kennen – keine Kuppeln oder von Menschen errichteten Anlagen, nur ein paar armselige Landefähren und zwei oder drei abgestürzte Satelliten.

Wir gingen in einen hohen Orbit um den dritten Planeten.

Nun war jeder noch vorhandene Zweifel ausgeschlossen. Die Kontinente zeichneten sich mit Hilfe der Spezialgeräte deutlich unter der dichten Wolkendecke ab. Amerika, Afrika, Asien, Europa, Australien – und klar erkennbar: die nahezu eisfreie Antarktis. Allerdings stellten wir fest, daß sich die Randgebiete der Kontinente leicht verändert hatten, als wäre der Spiegel der Ozeane gestiegen.

Wir blieben in der Umlaufbahn. Die Funkzentrale fing vereinzelte Signale auf, meist auf Kurzwelle. Sie blieben unverständlich und ergaben so gut wie keinen Sinn. Einige Signale blieben unbeantwortet. Nach einer Beratung mit meinen Offizieren und technischen Mitarbeitern beschlossen wir, ein Beiboot auszuschicken, dessen Pilot die Anweisung hatte, auf keinen Fall Kontakt aufzunehmen. Auch Funkverkehr sollte unterbleiben.

Das Boot kehrte nach einer knappen Stunde zurück. Die von der wissenschaftlichen Besatzung gemachten Beobachtungen und die mitgebrachten Bildaufzeichnungen brachten keine Aufklärung, sondern vergrößerten das Geheimnis nur noch.

Es war die Erde, aber es war nicht *unsere* Erde, zumindest nicht Terra, wie wir sie kennen. Von Terrania keine Spur, nur die Wüste. Kein Raumhafen, nicht einmal regulärer Flugverkehr.

Wir waren tatsächlich ratlos. Die versuchten Erklärungen der Experten brachten nur noch mehr Verwirrung. Ein Astrophysiker verstieg sich sogar zu der Behauptung, die EX-27 sei in der Zeit zurückversetzt worden, dagegen jedoch sprechen die veränderten Küstenlinien der Kontinente, wie sie es in dieser Form niemals gegeben hat, auch nicht unmittelbar nach Beginn der Erdplattenwanderung. Im Einvernehmen mit der gesamten Besatzung meines Schiffes hatte ich beschlossen, das System zu verlassen und zu jenen Koordinaten zurückzukehren, wo der Unterlichtflug begann. Von dort aus sollte die Transition in umgekehrter Richtung uns in die ursprüngliche Position zurückversetzen.

Der Plan funktionierte. Jetzt, zum Zeitpunkt der Berichterstattung, befinden wir uns genau dort, wo wir den Flug ins Unbekannte begannen. Die blau-grüne Doppelsonne – ich gab die Position bekannt – steht 25,7 Lichtjahre vor uns. Exakt im Zentrum des Schirms.

Und von hier aus werden wir erneut starten, sobald mein Bericht abgestrahlt wurde.

Wir können nur hoffen, daß er auf Terra empfangen wird – nur für den Fall, daß uns etwas Unvorhergesehenes passieren und die EX-27 nicht nach Terra zurückkehren sollte.

Sollte es uns nicht gelingen, das Geheimnis um jene zweite Erde zu lüften, so wird ein anderer Explorer hoffentlich mehr Glück haben. Aber wartet nicht zu lange damit. Wir leben nicht ewig."

Das Sendesymbol erlosch. Das Gesicht des Technikers Darre erschien.

„Soweit der Originalbericht der EX-27. Das Schiff ging in Transition. Unsere Aufforderung, sofort nach Terrania zurückzukehren, wurde ignoriert, wahrscheinlich überhaupt nicht empfangen.

Die EX-27 gilt seitdem als verschollen.

Eine Suchexpedition wird der ungeklärten Umstände wegen dringend empfohlen. Im Anschluß werden alle verfügbaren Daten und Koordinaten noch einmal wiederholt. – Zeit: 17. Juni 2070. Ich beginne mit der Datenwiederholung . . ."

Marc Hansen schaltete das Gerät ab und entnahm die Aufzeichnung. Er legte sie nicht zu den anderen, die seiner Meinung nach noch wichtig waren, sondern nahm sie an sich und machte sich auf den Weg zum Einsatzbüro des Computer-Centers.

Nach einem Gespräch mit dem Leiter der Abteilung erklärte sich dieser trotz der Peinlichkeit des Vorfalls bereit, die Administration zu informieren. Er ordnete Dringlichkeitsstufe EINS an.

Nach einigem Hin und Her kam endlich eine Verbindung mit Reginald Bull zustande, der – nachdem er das Wichtigste erfahren hatte – Kommandant Hansen sofort samt der Aufzeichnung zu sich bat.

In diesem Augenblick wußte Marc Hansen, daß er es geschafft hatte.

Das seit 37 Jahren überfällige Unternehmen lief an.

Die Unterredung mit Reginald Bull, dem Stellvertreter Perry Rhodans, verlief genau so, wie Hansen es sich erhofft hatte. Es lag zwar keine ausgesprochene Panne des Solaren Computer-Centers vor, und Bull entschuldigte das Versäumnis mit den sich überstürzenden Ereignissen der vergangenen Jahrzehnte. Der Kommandeur der Explorerflotte bekam die notwendigen Anweisungen und Informationen, so daß Marc Hansen bereits in wenigen Tagen mit der EX-79 starten konnte.

Nach und nach trafen die Urlauber in Terrania ein. Noch wußten sie nicht, welcher Einsatz auf sie wartete, aber alle gaben sich erfreut, einen neuen Auftrag erhalten zu haben.

„Nun sei mal ehrlich“, forderte Kevin O’Hara seinen Freund und Kommandanten heraus, als sie abends bei einem Glas Bier zusammensaßen. „Die Sache hat doch einen Haken. Diese ganze Geheimnistuerei kann einem ja ganz schön auf die Nerven gehen.“

„Der offizielle Wortlaut unseres Auftrags wird erst kurz vor dem Start eintreffen. Aber ich kann dir trotzdem schon jetzt verraten, worum es eigentlich geht. Allerdings muß ich dich bitten, keine voreiligen Schlüsse zu ziehen oder haarsträubende Spekulationen anzustellen oder gar mit Männern der Besatzung zu sprechen.“

„Frauen auch nicht?“ fragte Kevin und grinste breit.

„Mit keiner Menschenseele und mit keinem Extraterrestrier“, bestätigte Hansen und grinste zurück. „Es geht also um folgendes . . .“

In wenigen Worten unterrichtete er Kevin über die

Sachlage und informierte ihn über das Geschehen vor 37 Jahren. Er schloß:

„Du wirst verstehen, warum die Angelegenheit so delikat behandelt wird. In gewissem Sinn ist es ein noch nicht abgeschlossener Fall, der erst nach seiner Aufklärung veröffentlicht werden darf."

„Wie konnte so eine dicke Sache vergessen werden? Das ist doch eine richtige Schlamperei."

„Laß das niemanden hören, Kevin. Solche Dinge passieren immer wieder und lassen sich nicht vermeiden."

„Ja, Computer sind auch nur Menschen", alberte Kevin.

„In gewissem Sinn – richtig. So, nun weißt du Bescheid. Noch ein Glas?"

„Hat ein Ire noch niemals abgeschlagen", deutete Kevin überdeutlich an. „Und auch mancher Terraner nicht."

„Wir werden ab heute im Schiff Station beziehen. Der Startbefehl kann täglich eintreffen. Also nichts mit Freundin und so."

„Okay, in dem Fall dann lieber noch ein Bier . . ."

Als sie an Bord der EX-79 gingen, vernahmen sie bereits im Gang hinter der Luftschleuse das Stimmengewirr aus der Gemeinschaftsmesse, in der sich ein Teil der Besatzung versammelt hatte.

„Die werden wissen wollen, was anliegt", befürchtete Kevin.

Marc Hansen nickte und zuckte gleichzeitig mit den Schultern.

„Mal sehen, was ich tun kann", deutete er an.

Das Stimmengewirr verstummte, als er und sein Erster Offizier den Raum betraten. Niemand hätte das plötzliche Schweigen als Zeichen übertriebener Disziplin gewertet, denn an Bord des Explorers herrschte zwischen Offizieren, Mannschaften und Technikern ein kameradschaftliches Verhältnis, schon bedingt durch die gemeinsam erlebten Abenteuer und Gefahren.

Mac Brady, für den Antrieb verantwortlich und daher nur „Chief“ genannt, setzte sein Glas ab, aus dem er gerade getrunken hatte.

„Na, endlich, Marc! Wird auch Zeit, daß uns mal jemand erzählt, wohin es diesmal geht.“

„Sehr richtig!“ unterstützten ihn drei oder vier Männer.

Kevin warf Hansen einen verständnisvollen Blick zu und ließ sich aus dem Getränkeautomaten einen Obstsaft servieren, an dem er dann mit verzogener Miene nippte.

Hansen setzte sich.

„Noch liegt der Startbefehl nicht vor, Freunde, und schon wollt ihr wissen, wohin es geht. Ich kann euch lediglich verraten, daß dieser Befehl jeden Augenblick eintrifft, und erst dann ist es mir möglich, eure verständliche Neugier zu befriedigen.“

„Du hast wirklich keine Ahnung?« zweifelte Mac Brady.

„Und wenn, dann müßte ich vorerst trotzdem den Mund halten“, wich Hansen aus. „Geduldet euch noch ein wenig. Ich wette, morgen ist es soweit. Ich lasse euch keine Minute länger als notwendig im ungewissen.“

„Dann befinden wir uns also quasi noch im Urlaub“, vergewisserte sich die attraktive Biologin Devi Nahru, eine Inderin.

„Aber nur quasi“, bestätigte Hansen und lächelte ihr zu.

Irgend jemand in der Ecke kicherte.

Mac Brady, ein Schotte, hob die Hand.

„Wenn das so ist, dürfte ja heute abend ein vernünftiger Drink erlaubt sein – so als Ausgleich für zurückgehaltene Informationen. Später ist keine Gelegenheit mehr dafür."

„Bravo!" schrie Kevin und ließ seinen Obstsaft im Müllschlucker verschwinden. „Bist ein Prachtkerl, Chief!"

„Aber nur einen Doppelten", erklärte Hansen und verließ die Messe mit der Gewißheit, eine großartige Crew zu haben.

Er suchte nach einem kurzen Aufenthalt in der Kommandozentrale seine Kabine auf, entkleidete sich, nahm ein Bad und ließ sich dann wohlig müde aufs Bett sinken.

„Wer weiß . . .", murmelte er kurz vor dem Einschlafen. „Wer weiß, was ich mir da eingebrockt habe. Vielleicht haben schon andere vor mir Sheldons Bericht gesehen und ihn eiligst wieder verschwinden lassen. Möglicherweise waren sie schlauer als ich." Er drehte sich auf seine Schlafseite. „Aber was soll's? Ich hätte keine ruhige Minute mehr, wenn ich nicht wenigstens versuchen würde, das Geheimnis dieser zweiten Erde zu lösen – falls es sich um eine zweite Erde handelt."

Wenig später war er eingeschlafen, während in der Messe die Doppelten mit der gebührenden Andacht gefeiert wurden.

Daß niemand die erlaubte Ration überschritt, dafür sorgte Mac Brady, der Schotte, von dem man heimlich behauptete, sein Geiz mache selbst vor kostenlosen Dingen nicht halt.

2.
EX-79

Als die EX-79 die Grenzen des Solsystems hinter sich ließ, flog sie vorerst noch mit 0,99 Licht weiter. Jetzt erst war es Hansen erlaubt, die versiegelte Order zu öffnen, zu lesen und sie der Mannschaft bekanntzugeben.

Das war eine reine Formsache und im Grunde genommen nichts als ein Theater, aber gewisse bürokratische Gepflogenheiten ließen sich nicht so einfach ausrotten.

Es war eine schriftliche Order, und Hansen kannte ihren Inhalt schon längst. Trotzdem las er sie noch einmal, ehe er den Bord-Interkom aktivierte und die Besatzung informierte. Er war nicht sonderlich überrascht, als seine Leute mit einem guten Dutzend Fragen darauf reagierten.

„Die wichtigen Posten bleiben besetzt“, fuhr er fort. „Alles übrige versammelt sich in der Messe. Sagen wir – in fünfzehn Minuten. Der Erste Offizier übernimmt während meiner Abwesenheit in der Kommandozentrale das Schiff. Bis dann!“

Zwei Minuten später erschien Kevin.

„Du wirst ihnen alles sagen, Marc?“

„Natürlich. Keine Heimlichtuerei mehr. Die Leute sollen wissen, worum es geht. Alle eventuellen Gefahren werden um die Hälfte reduziert, wenn man sie kennt. Alte Weisheit, Kevin.“

Der Ire nickte beifällig und nahm im Kontrollsessel Platz.

„Wie lange bleiben wir auf Unterlicht?“

„Du kannst den Sprung schon mal programmieren, Kevin. Die Daten sind eingespeichert, du brauchst sie nur zu übertragen. Wir aktivieren, sobald ich zurück bin.“

„Na schön, begib dich in die Höhle der hungrigen Löwen.“

„Ich werde sie schon ausreichend füttern“, meinte Hansen zuversichtlich und verließ die Zentrale.

Kevin O'Hara lehnte sich bequem zurück, wobei der Kontursessel sich automatisch der neuen Lage anpaßte.

„Diese andere Welt ... da bin ich aber mal gespannt, ob es meine schöne Insel noch gibt. Meeresspiegel gestiegen – Himmel! Da wird aber eine ganze Menge Land abgesoffen sein ...“

Er murmelte es ziemlich gedankenlos vor sich hin, denn weder er noch jemand anderer wußte, ob es sich bei dieser der Erde so ähnlichen Welt wirklich um die Erde handelte, oder nur um eine zufällige Ähnlichkeit – oder gar um eine Illusion des Kommandanten Sheldon von der EX-27.

Unendlich langsam und kaum merklich blieb das heimatliche Sonnensystem zurück.

Vor dem Schiff wartete die Milchstraße.

Geduldig hatte Marc Hansen alle Fragen beantwortet, soweit er dazu in der Lage war. Außer dem Bericht der EX-27 gab es ja nur Spekulationen und wilde Vermutungen, deren Ursache eben dieser Bericht war.

Ein wenig erschöpft und doch erleichtert, es hinter sich zu haben, kehrte er in die Zentrale zurück, wo Kevin ihn ungeduldig erwartete.

„Hier ist alles klar, Marc. Nun, wie war es?“

Hansen winkte ab.

„Ich kam mir vor wie in der Prüfung auf der Akademie. Immerhin haben sie es einigermaßen gefaßt aufgenommen. Sind ja auch schon einiges gewohnt.“ Er sah auf den Bildschirm. „Transition programmiert? Na gut, dann wollen wir mal." Er aktivierte den Interkom: „Achtung! Transition in genau . . . fünf Minuten."

„Wird Zeit, daß wir bald den Linearantrieb bekommen", knurrte Kevin. „Dagegen ist ja das hier schon vorsintflutlich."

„Aber immer noch besser als das Herumkriechen mit Lichtgeschwindigkeit, mein Freund. Ein Satz – und wir sind am Ziel."

„Ja, und dazu der verdammte Entzerrungsschmerz!"

Die Weiterentwicklung des von den Druuf erbeuteten Linearantriebs befand sich noch im Experimentierstadium. Die EX-79 würde erst später damit ausgerüstet werden. Bis dahin war der Sechzig-Meter-Kugelraumer noch auf Transitionen angewiesen.

Der vom Ersten Offizier programmierte Sprung wurde ohne jede Komplikation durchgeführt. Die EX-79 fiel in den Normalraum zurück. Sie hielt sich jetzt siebzehntausendeinhundert Lichtjahre von Terra entfernt auf.

Die Taster registrierten die Entfernungen zu den näher gelegenen Sonnen und stellten vorhandene Planeten fest. Es gab mehrere Systeme im Umkreis von zehn Lichtjahren. Sie konnten in Kurztransitionen mühelos erreicht werden.

Mac Brady rief die Zentrale über Interkom.

„Bei euch alles in Ordnung?" erkundigte er sich in einem Tonfall, der vermuten ließ, daß er eine negative Antwort für durchaus möglich hielt. „Hier ist alles klar für weitere Hüpfer."

„Bei uns auch", beruhigte ihn Marc. „Sehen wir uns erst einmal hier um. Viele Vergleichsdaten stehen uns leider nicht zur Verfügung."

Die spärlichen Angaben der EX-27 ließen immerhin den Schluß zu, daß man sich im gleichen Sektor aufhielt.

Aber erst mit den Fernmassetastern konnte Kevin O'Hara in einiger Entfernung eine Doppelsonne ausmachen. Eine Komponente schimmerte grünlich, die andere blau.

„Gut dreißig Lichtjahre", las Marc von den Kontrollen ab. „Das dürfte sie sein. Wir werden die anderen Systeme ignorieren und uns vorsichtig dieser Doppelsonne nähern. Wir müssen herausfinden, was vor siebenunddreißig Jahren passiert ist."

„Deshalb sind wir hier", knurrte Brady vom Bildschirm her und schaltete ab.

Kevin grinste flüchtig.

„Sparsam wie gewohnt, selbst mit Worten. Kurs und Entfernung?"

„Du bist auch nicht gerade verschwenderisch mit Worten, Kevin. Ich würde Transitionen von jeweils einem Lichtjahr in Richtung der Doppelsonne vorschlagen. So müßten wir zwangsläufig ziemlich genau dem Kurs der EX-27 vor siebenunddreißig Jahren folgen und somit die gleiche Situation antreffen – früher oder später."

„Wir fordern den Teufel heraus."

„Oder er uns", drehte Marc den Spieß um.

Der Orter Peter Dreibel hatte noch kein Wort geäußert. Stumm saß er vor seinen Kontrollen und ließ die Bildschirme nicht aus den Augen. In erster Linie kontrollierte er die von Kevin empfangenen Werte der Massetaster und verglich sie mit seinen eigenen Daten. Jede Unstimmigkeit würde er sofort melden.

Die empfindlichen Fernortungsgeräte holten erste optische Eindrücke der angepeilten Objekte auf die Schirme. Sie bestätigten, was zuvor an bloßen Daten registriert wurde.

„In der Tat", ließ sich nun Peter Dreibel vernehmen.

„Eine grüne und eine blaue Sonne – kein Zweifel. Entfernung knapp dreißig Lichtjahre."

„Möchte wissen", sann Kevin vor sich hin, „ob sie etwas mit dem Effekt zu tun hat, den Kommandant Sheldon schilderte. Vielleicht ein starkes Kraftfeld – oder weiß der Satan, was."

„Wir werden sehen." Marc Hansen aktivierte den Navi-Computer und gab Daten ein. Das Resultat erschien auf Kevins Programmierungsschirm. „Transition in zehn Minuten, ein Lichtjahr."

Nach einer geringfügigen Kurskorrektur stand die Doppelsonne genau im Zentrum des großen Panoramaschirms. Und dort würde sie so lange bleiben, bis das unerklärliche Ereignis eintrat.

Wenn es eintrat . . .

Exakt siebenundzwanzig Kurztransitionen später sagte Marc, nachdem alle Sprünge genau nach Programmierung verlaufen waren:

„Bis jetzt alles normal, würde ich meinen. Von nun an kann es jeden Augenblick passieren. Die Abweichungen von Sheldons Bericht sind meiner Meinung nach ohnehin irrelevant. Wir können sie ignorieren. Kevin, die nächste Transition, Ich gebe dir die Daten . . ."

„Die Doppelsonne war bei Sheldon mehr als fünfundzwanzig Lichtjahre entfernt, als . . ."

„Ich weiß", unterbrach ihn Marc ruhig. „Verschiebungen der Problemzone sind nicht nur möglich, sondern sogar wahrscheinlich. Raum- oder Zeitfalten – weiß der Teufel!"

„Oder beides", trug Peter Dreibel bei.

Marc nickte ihm zu.

„Ganz richtig. Oder beides."

„Die Daten!“ erinnerte Kevin trocken.

Er bekam sie.

Marc Hansen schien eine gute Nase für unvorhergesehene Vorfälle zu haben. Unvorhergesehen nur deshalb, weil man den genauen Zeitpunkt ihres Eintretens nicht bestimmen konnte.

Die Zeitdauer der Transition war minimal, und die überbrückte Entfernung betrug nur Lichtsekunden.

Die grün-blaue Doppelsonne stand nicht mehr auf dem Panoramaschirm. Sie war spurlos verschwunden, trotzdem zeigten die Daten die geringen Sprungwerte an. Sie hätte demnach noch vorhanden sein müssen.

Sie war es jedoch nicht.

Dreibel überflog die astrophysikalischen Werte seiner Orter und schüttelte den Kopf.

„Das verstehe ich nicht“, murmelte er unsicher. „Wenn mich die Erinnerung nicht trügt, befinden wir uns in einem Sektor, in dem sich auch Terra befindet. Sind wir zurückgesprungen?“

Marc Hansen atmete tief durch.

„Das mußten wir erwarten. Es *ist* Terras Sektor, also das Gebiet der Milchstraße, in der unser Sonnensystem beheimatet ist. Die Frage ist nun, ob wir wirklich nach dort zurückgekehrt sind, oder ob wir etwas anderes vorfinden – eben ein zweites, identisches Sonnensystem mit einer . . . anderen Erde.“

„Ich halte das noch immer für einen Irrtum Sheldons“, hielt Kevin O’Hara nicht mit seinen Zweifeln zurück, „obwohl ich dann keine Erklärung für seinen Bericht habe. Wir werden uns selbst überzeugen müssen. Die Massetaster arbeiten auf Hochtouren. Die ersten Daten kommen schon herein. Peter, checken Sie meine Werte, bitte.“

Die beiden Männer konzentrierten sich auf ihre Aufgabe, während ihr Kommandant ungeduldig auf die Auswertung wartete. Er nutzte die Zeit, die Sterne auf dem Panoramaschirm zu studieren, und es dauerte auch nicht lange, bis er schräg verschobene, aber noch erkennbare Konstellationen entdeckte.

Es waren zweifellos Konstellationen, die auch von Terra aus sichtbar waren, auch wenn sie nun ein wenig verzerrt schienen. Mit einem Zeitsprung hatte das nur wenig zu tun, wohl aber mit einer räumlichen Distanz.

Die eintreffenden Werte bestätigten seine Vermutung.

„Zehn Lichtjahre bis zur nächsten Sonne", sagte Kevin, nachdem Dreibel ihm zugenickt hatte. „Die gelbe, rechts auf dem Schirm."

Marc hatte sie längst gesehen.

„Planeten?"

„Neun."

Sheldon hatte nicht gesponnen, das wurde Marc nun endgültig klar. Einen Zufall wie diesen konnte es einfach nicht geben. Vor der EX-79 stand das heimatliche Sonnensystem und damit Terra.

Terra – die Erde! Aber was für eine Erde . . .?

„Programmierung der nächsten Transition", sagte Marc tonlos.

Als die EX-79 rematerialisierte, hatte sie, wenn man den Instrumenten glauben wollte, neunkommaneun Lichtjahre zurückgelegt. Der optische Eindruck bestätigte die Werte, denn nur knapp zwei Lichttage entfernt stand der anvisierte gelbe Stern.

Sol? Die heimatliche Sonne?

Peter Dreibel warf einen letzten Blick auf seine Kontrollen, ehe er aufblickte und sagte:

„Neun Planeten, wie gehabt. Die größeren haben Ringe, besonders der eine, den ich gern Saturn taufen möchte."

„Es *ist* Saturn", belehrte ihn Hansen trocken. Er war sich dessen absolut sicher, wenn auch jede vernünftige Erklärung für das Phänomen fehlte. „Ich möchte bloß gerne wissen, was mit uns passiert ist."

Auf dem Panoramaschirm war nur der gelbe Stern zu sehen; die Planeten waren noch zu weit entfernt, obwohl das Schiff ihnen mit knapp Unterlicht entgegenfiel.

Kevin O'Hara hatte sich erhoben und ging hinüber zum Funkraum, dessen Tür meist offenstand. Im Augenblick hatte Veri Conter Dienst. Sie sah auf, als der Erste eintrat, und über ihr feingeschnittenes Gesicht huschte ein flüchtiges Lächeln.

„Ich muß Sie enttäuschen, Kevin. Da ist eigentlich nichts im Äther."

„Überhaupt nichts?" vergewisserte er sich, obwohl er es im Unterbewußtsein beinahe erwartet hatte. „Warum sagen Sie dann ‚eigentlich', meine Liebe?"

Sie zögerte und deutete dann mit einem Kopfnicken auf den laufenden Frequenzsucher.

„Nichts, was auch nur entfernt an Terra, die Solare Raumflotte, eben auf *unsere* Welt schließen ließe, Kevin! Das da vor uns kann nicht unsere Sonne sein!"

„Vielleicht ist sie es auch nicht, Veri. Horchen Sie bitte auch weiterhin in die Geräte hinein, und machen Sie Aufzeichnungen, wenn Sie etwas hören."

„Ein paar armselige Signale auf Kurzwelle, das war alles. Es lebt also jemand in diesem System."

„Jemand, der intelligent ist", fügte er hinzu und kehrte in die Kommandozentrale zurück. Mit einem Seufzer ließ er sich neben Hansen in den Sessel sinken. „Keine Funkverbindung", sagte er nur.

Der Kommandant schien kaum überrascht zu sein.

„Dachte ich mir. Wenn wir Kurs und Geschwindigkeit nicht ändern, dürften wir in etwa dreißig Stunden die Bahn des äußeren Planeten kreuzen."

„Pluto . . .?"

Marc warf Kevin einen kurzen Blick zu.

„Vielleicht." Er stand auf. „Ich verziehe mich für ein paar Stunden in meine Kabine. Übernimm bitte solange."

„Gern. Ich bin viel zu munter, um schlafen zu können. Aber Dreibel und Veri könnten wahrscheinlich eine Ablösung brauchen."

„Veranlasse das, Kevin. Dann bis später!"

Er sah noch einmal auf den großen Panoramaschirm, in dessen Mitte der gelbe Stern schimmerte. Mit einem nachdenklichen Ausdruck im Gesicht verließ er dann die Kommandozentrale, um mit dem Lift hinauf zu Deck fünf zu schweben. Bevor er seine Kabine erreichen konnte, holte Veri Conter ihn ein.

„Was halten Sie von der ganzen Sache, Marc?"

Er blieb stehen.

„Ich habe meine Meinung nicht geändert, Veri, wenn Sie das meinen. Trotzdem möchte ich nicht mehr darüber sagen, als ich bereits gesagt habe. Vielleicht wissen wir in einem Tag mehr. Und Sie? Was denken Sie, Veri?"

Sie zuckte die Schultern, die halb unter dem langen, dunklen Haar verborgen waren.

„Vorerst interessiert mich nur die Tatsache, daß ich keine Funkverbindung bekomme. Wäre das vor uns liegende System das unsere, wären wir längst aufgefordert worden, uns zu identifizieren, und zwar auf der EX-Anruffrequenz. Die aber ist absolut tot. Nur auf Kurzwelle gibt es so was wie Morsezeichen und verzerrt klingende Worte, die kaum verständlich sind, was wohl an einer geringen Sendeleistung liegen wird. Nein, Marc, das vor uns liegende Sonnensystem ist nicht das unsere, ganz bestimmt nicht! Fast möchte ich wetten."

„Dann tun Sie es, aber nicht mit Mac Brady. Der gewinnt nämlich immer."

„Und ich möchte diesmal nicht verlieren – davor hätte ich Angst", entgegnete sie, nickte ihm zu und verschwand in Richtung ihrer Unterkunft.

Marc Hansen blickte ihr nach und bewunderte ihren graziösen Gang, ehe er sich einen Ruck gab und seine eigene Kabine aufsuchte. Kaum unter der Brause, hatte er Veris Wette vergessen und fragte sich erneut, ob mit der EX-79 genau dasselbe passiert war wie mit der EX-27 vor siebenunddreißig Jahren.

Der heiße Luftstrom trocknete ihn, und eine Minute später lag er im Bett. Aber der Schlaf kam nicht so schnell, wie er gehofft hatte. Gedanken und Vermutungen ließen ihn nicht zur Ruhe kommen.

Bisher hatten sich die vagen Angaben Sheldons in fast jeder Hinsicht bestätigt. Die grün-blaue Doppelsonne, der nahtlose Übergang in einen anderen Sektor der Milchstraße, das plötzliche Vorhandensein eines Sonnensystems mit neun Planeten – das alles stimmte.

Auch der Rest dessen, was Sheldon übermittelt hatte, schien zu stimmen: kein richtiger Funkverkehr und kein solarer Sperrgürtel. Ob seine die Erde betreffende Behauptungen der Realität entsprachen, mußte sich erst noch erweisen.

„Da habe ich mich auf eine verrückte Sache eingelassen", murmelte Marc vor sich hin. „Aber was immer auch damals passiert sein mag, es besteht die Möglichkeit, daß Sheldon und seine Leute noch leben. Irgendwo hier in diesem System. Und sie fanden keine Möglichkeit der

Rückkehr zur Erde. Und wenn sie noch leben, dann werden wir sie finden!“

Er wälzte sich auf die Seite, als könne ihm dieser feste Entschluß endlich den ersehnten Schlaf bringen.

Er schaltete ab.

Und fünf Minuten später war er eingeschlafen.

3.
EX-79

Sieben Stunden später löste er Kevin O'Hara in der Kommandozentrale ab.

„Der Stern, der Sol seon soll, ist ein wenig näher gerückt, sonst keine erwähnenswerten Vorkommnisse.“ Der Ire rutschte aus dem Kontursessel und kam langsam auf die Beine. „Mac im Antriebsraum meint, er käme sich allmählich überflüssig vor, und horcht an der Bereitschaftsmatratze. Hat meine Erlaubnis dazu.“

„Schon gut. Funk?“

„Nichts soweit. Verstümmelte Sendungen, die keinen Sinn ergeben. Einmal kam einer halbwegs verständlich in Englisch durch. Jemand fragte nach einer Fuhre sauberem Gemüse und bot dafür eine garantiert nicht verseuchte Kuh. Fang was damit an, Marc!“

Wenn Marc Hansen verblüfft war, so ließ er sich nichts anmerken.

„Tauschhandel? Primitiver Funkverkehr? Wir hatten also doch recht, wenn wir Intelligenzen in diesem System vermuteten. Was sagen die Orter? Allmählich müssen doch auch optische Signale eintrudeln.“

„In weniger als einer Stunde. Aber was meinst du dazu,

daß wir Worte in englischer Sprache auffingen? Du bist darüber hinweggegangen, als sei das völlig normal.“

„Vielleicht ist es das auch, Kevin. Wir werden uns auf einige Überraschungen gefaßt machen müssen, fürchte ich. Es dürfte aber nun ein für allemal feststehen, daß dieser dritte Planet, von dem Sheldon berichtete, zwar die Erde, aber nicht *unsere* Erde ist.“

Kevin nickte. Sein Gesicht verriet Unbehagen.

„Ich gewöhne mich allmählich an den Gedanken, aber bevor ich völlig durchdrehe, genehmige ich mir einen Schluck und versuche zu schlafen. Ich löse dich später wieder ab.“

Eine gute Stunde später kehrten Peter Dreibel und kurz danach auch Veri Conter in die Zentrale zurück und nahmen ihre Plätze ein. Auch Mac Brady tauchte auf und ließ sich neben Marc nieder.

„Wollte mir das mal von hier aus ansehen. Was denkst du, Marc?“

„Ich denke, daß uns Dreibel in wenigen Minuten ein vernünftiges Bild auf den großen Schirm zaubert. Stimmt das, Peter?“

„In wenigen Minuten, Kommandant. Die ersten Signale werden schon sichtbar. Sie müssen noch moduliert werden.“

Die äußeren Planeten befanden sich jenseits der Sonne und konnten optisch nicht eingefangen werden. Saturn und Jupiter jedoch kamen klar und unmißverständlich ins Bild. Nun gab es keinen Zweifel mehr an der Identität dieses Systems.

„Da soll mich doch dieser und jener holen!“ entfuhr es dem Schotten unwillkürlich. „Deine Theorie scheint tatsächlich zu stimmen. Handelt es sich um einen anderen Raum oder um eine andere Zeit?“

„Vielleicht beides, Mac. In jedem Fall haben wir es mit einem Paralleluniversum zu tun, so wie auch Sheldon vor fast vierzig Jahren. Warum aber, so frage ich mich seit Beginn unseres Unternehmens, kehrte er nicht von seiner Mission zurück?“

Brady runzelte die Stirn.

„Darauf kann es ein Dutzend Antworten geben. Ein Defekt an seinem Schiff, eine Bruchlandung vielleicht, oder andere Umstände, die den Rückflug scheitern ließen. Wir sollten also sehr vorsichtig sein. Weiß der Teufel, was uns noch erwartet.“

„Mit anderen Worten: Du glaubst, daß es hier keine technische Weiterentwicklung wie bei uns gegeben hat? Keine Zivilisation, die Sheldon bei einer eventuellen Reparatur hätte helfen können?“

„Ja, das halte ich für eine plausible Erklärung.“

„Hm.“ Marc Hansen sah fast geistesabwesend zu, wie auf der linken Seite des Panoramaschirms der Mars auftauchte und langsam größer wurde, bis durch die zusätzliche Vergrößerung Einzelheiten der Oberfläche erkennbar wurden. „Du hast recht, Mac. Nichts deutet auf eine Marskolonie hin, nichts auf eine Raumfahrt in unserem Sinn. Nun bin ich aber wirklich gespannt, wie es auf der Erde aussieht – auf *dieser* Erde.“

Als sie Stunden später den Asteroidengürtel passierten, deutete auch hier nichts darauf hin, daß Menschen versucht hatten, die reichen Erzvorkommen auszubeuten. Unberührt und leblos zogen die kahlen Gesteinsbrocken ihre Bahn zwischen Mars und Jupiter um die Sonne.

„Die Erde!“ rief Peter Dreibel von seinen Kontrollen her. „Sie ist es, ganz ohne jeden Zweifel. Gleich wird der Mond sichtbar werden . . .“

Trotz der großen Entfernung – Erde und Mond lagen

noch knapp zwei Lichtstunden vor dem Schiff – holte die Ortertechnik die beiden Sonnentrabanten so nahe heran, daß jeder Irrtum ausgeschlossen werden mußte. Die Automatik sorgte für ein gutes Bild auf dem Schirm.

„Wie Sheldon behauptete“, äußerte Marc Hansen ein wenig gepreßt. „Die Umrisse der Kontinente deuten auf ein Ansteigen des Meeresspiegels hin. Die Antarktis ist etwas kleiner geworden, es ist sogar eisfreies Festland an einigen Stellen zu erkennen. In einer Stunde sehen wir mehr. Dann verringern wir auch die Geschwindigkeit.“

Mac Brady stand auf.

„Schon kapiert. Ich bin schon unterwegs.“

Veri Conter kam herbei und nahm seinen Platz ein.

„Es scheint ein paar kommerzielle Funkstationen zu geben, Marc. Kaum nennenswerte Sendeleistung. Lokalnachrichten, würde ich sagen.“

„Englisch?“

„Eine ganze Menge verschiedener Sprachen, die ich nicht kenne.“

„Interkosmo?“

„Kein Wort bisher.“

Marc schwieg. Immer mehr gewöhnte er sich an den Gedanken, eine Erde vorzufinden, deren technisches Zeitalter gerade erst begann. Um so unverständlicher mußte das spurlose Verschwinden der EX-27 sein. Es sei denn, Bradys Vermutung stimmte, und der Explorer lag mit einer irreparablen Panne irgendwo fest.

„Überqueren der Marsbahn in sechzig Minuten“, teilte Dreibel mit. „Aber der Planet selbst liegt weit abseits unseres Kurses und steht – von uns aus gesehen – dicht neben der Sonne, links.“

Langsam verstrich die Zeit, und Marc Hansen war fast froh, als er die Fluggeschwindigkeit herabsetzen konnte.

Ihm war, als dringe er in ein völlig unbekanntes Sonnensystem ein, obwohl alle optischen Eindrücke dagegen sprachen, zumindest fast alle.

Kevin O'Hara hatte es nicht mehr in seiner Kabine ausgehalten und war nach unruhigem Schlummer in die Zentrale zurückgekehrt. Veri Conter machte ihm Platz und nahm wieder ihre Aufgabe der Funküberwachung wahr.

Hansen informierte ihn über den neuesten Stand der Dinge und fügte hinzu:

„Ich kann nur eines hoffen, Kevin: daß es *nicht* die Erde ist, die wir als Terra kennen. Mit anderen Worten: Sollte es sich bei diesem ganzen Phänomen lediglich um eine Rückversetzung in der Zeit handeln, könnte es Komplikationen geben. Zeitparadoxon – du verstehst."

„Das wäre dann schon längst von Sheldon verursacht worden", beruhigte ihn der Erste bestimmt. „Wir haben aber nichts davon bemerkt. Ich bin sicher, daß wir es *nur* mit einer Parallelwelt zu tun haben."

„Mir reicht auch das!" Hansen nickte in Richtung Schirm. „Der Mond! Sieh dir nur den Mond an! Jetzt sind die Einzelheiten seiner Oberfläche zu erkennen. Woran erinnert dich das, Kevin?"

Der Ire sah eine Weile hin, ehe er antwortete:

„An die uralten Mondatlanten, die man im Museum bewundern kann. An einen Mond also, den noch kein Mensch betrat."

Dreibel holte die zerklüftete Landschaft näher heran.

„Nicht ganz", stellte er trocken fest. „Ein paar Trümmer liegen da herum. Reste von Landefähren und Sonden. Aber von Stationen oder gar von Nathan ist nichts zu sehen. Himmel, was ist bloß passiert!?"

Niemand gab ihm Antwort. Jeder war mit seinen

eigenen Gedanken und Vermutungen beschäftigt. Und dann, als Peter Dreibel mit gekonnter Routine das Bild des Mondes vom Schirm wischte und dafür die Erde in starker Vergrößerung erscheinen ließ, herrschte atemlose Spannung in der Kommandozentrale.

Der amerikanische Doppelkontinent war ebensogut zu erkennen wie Europa und Afrika. Asien lag hinter der Horizontrundung. Nur über dem Atlantik behinderten einige Wolkenfelder die freie Sicht.

Die afrikanischen Wüsten hatten sich weiter ausgedehnt und bedeckten Teile der ursprünglichen Steppen und Regenwälder. Der Kongo schien zu einem Rinnsal zusammengeschmolzen zu sein. Auch der Nil führte offensichtlich weniger Wasser als gewohnt.

In Südamerika war der Amazonasurwald geschrumpft, begann sich aber am Äquator wieder auszubreiten. Die Flußläufe wirkten unverändert. Auf den Andengipfeln lag nur vereinzelt Schnee. Nordamerika und Kanada, ziemlich wolkenfrei, lagen noch im Nachtschatten. Dreibel stellte verblüfft fest:

„Lichter! Wo sind die vielen Lichter der Westküste? Und was ist mit dem Rest im Osten passiert?“

Nun fiel es auch Marc Hansen auf. Die Grenze zwischen der Westküste und dem Pazifik war nur zu erahnen. Der gewohnte breite Lichtstreifen der Städte fehlte. Und der Osten, bereits im Schein der morgendlichen Sonne gut erkennbar, hatte sich braun-gelb verfärbt.

Kein Zweifel: Die Wüsten hatten sich vergrößert.

Langsam kroch der Terminator westwärts, während sich Osteuropa der Abenddämmerung näherte.

„Verdammt!“ sagte Kevin O’Hara, und dann, nach einer winzigen Pause: „Das alles ist total verrückt!“

Noch einmal setzte Marc Hansen die Fluggeschwindigkeit herab, und Stunden später glitten sie dicht am Mond vorbei, dessen Oberfläche nun mit bloßen Augen auf dem Schirm in allen Einzelheiten erkennbar wurde.

Die ersten Mondfähren, in der zweiten Hälfte des 20. Jahrhunderts gestartet, standen unberührt noch dort, wo sie gelandet waren. Ein zurückgelassenes Fahrzeug war zu erkennen, selbst die Spuren der breiten Reifen. Alles war genauso, wie die Besatzung der EX-79 es von den alten Aufzeichnungen her kannte. Aber nichts war so, wie sie es in ihrer Zeit kannten, Anfang des 22. Jahrhunderts.

Dies war der Mond, wie er vor hundertvierzig Jahren gewesen war.

Der Erdtrabant blieb zurück, dafür näherte sich das Schiff mit reduzierter Geschwindigkeit dem Planeten. Wenig später schaltete Dreibel die Vergrößerung ab. Auf dem Schirm wirkte es so, als spränge die Erde ein Stück zurück, aber dafür wurde das Bild natürlicher und schärfer. Dann vergrößerte es sich erneut, wenn auch nur langsam.

Eine weitere Stunde später manövrierte Hansen das Schiff in eine stabile Umlaufbahn, mehr als dreihundert Kilometer über der Oberfläche. Der Antrieb schaltete sich ab. Im Augenblick war er überflüssig geworden, was Mac Brady veranlaßte, in die Zentrale zu kommen.

„Man könnte denken“, sagte er nach einem Blick auf den Schirm, „wir wären wieder zu Hause – aber auch nur beinahe.“

„Die Welt, die da vor uns liegt“, betonte Hansen, „kann uns fremder sein als jeder unbekannte Planet irgendwo in der Galaxis. Wir haben hoffentlich jemanden an Bord, der die Geschichte Terras gut kennt. Terra vor viel mehr als hundert Jahren, meine ich."

„Da dürfte Devi zuständig sein", sagte Kevin. „Als Biologin mußte sie sich zwangsläufig mit der Vergangenheit unseres Planeten befassen, zumindest aber mit Flora und Fauna. Wenn ich mich recht erinnere, verfaßte sie Artikel über die Umweltgefahren, die damals vor der Zeit des Solaren Imperiums unseren Planeten bedrohten."

„Devi Nahru – ja, das stimmt", pflichtete Veri Conter bei. „Sie müßte eigentlich wissen, was damals geschah. Die Frage ist nur, ob es sich bei dem Planeten unter uns wirklich um die Erde handelt, oder nur um eine nahezu unmögliche Zufälligkeit."

„Ich würde letzteres annehmen", erwiderte Hansen, „wenn Sie nicht Funksprüche in englischer Sprache aufgefangen hätten. Solche Zufälle gibt es einfach nicht. Da unter uns ist die Erde, wie wir sie einst kannten – oder doch unsere Vorfahren."

„Ein und dieselbe Erde kann es nicht zweimal geben!" widersprach Mac Brady. „Ich bin doch nicht verrückt!"

„Es gibt mehr Dinge zwischen Himmel und Erde . . .", begann Kevin, schwieg aber, als er Hansens Blick bemerkte.

„Was nun?" fragte Peter Dreibel von den Ortern her.

„Wir bleiben vierundzwanzig Stunden im Orbit." Marc Hansen tippte O'Hara mit dem Zeigefinger an. „Übernimm bitte, ich habe noch im Speicherraum zu tun. Schließlich muß es Aufzeichnungen dort geben, die uns interessieren dürften. Veri, zeichnen Sie alles auf, was Sie erwischen. Ich höre es mir später an. Vielleicht schicken wir dann auch einmal einen Funkspruch los."

Er nickte ihnen zu und verschwand im Lift.

Kevin nahm seinen Platz vor den Kontrollen ein.

„Na schön“, brummte er fatalistisch. „Holen wir mal Devi zu uns. Vielleicht kann sie uns mehr verraten.“

Er aktivierte den Interkom.

Über die Bordanlage war die Biologin bereits ausreichend informiert worden, so daß es keiner weiteren Unterrichtung bedurfte. Sie brachte keine Unterlagen mit, studierte jedoch ausgiebig die Oberfläche des erdidentischen Planeten, der langsam auf dem Schirm unter dem Schiff abrollte. Asien und der Pazifik teilten sich Dämmerung und Tageslicht. Hier schien sich nicht viel verändert zu haben.

In der aufgehenden Sonne warf die Chinesische Mauer einen breiten Schatten, der das uralte Bauwerk noch deutlicher hervortreten ließ. Sie nahm den Beobachtern die letzten Zweifel.

Kevin O'Hara versuchte, sich vorzustellen, was er als Kommandant der EC-79 nun tun würde. Wo würde er zuerst landen und Kontakt mit den Bewohnern aufnehmen? Europa? Amerika? Vielleicht Asien?

Auch Perry Rhodan war damals in Asien gelandet, als er mit dem Schiff der Arkoniden vom Mond zurückkehrte. In ein oder zwei Stunden würde über der Wüste Gobi die Sonne aufgehen. *Wenn* es da unten die Wüste Gobi gab.

Und falls es eine in den Kinderschuhen steckende technische Entwicklung gab, so nahm Kevin ein wenig zu selbstbewußt an, würde sie in Europa oder Amerika ihren Anfang nehmen. Also bestand dort die größte Aussicht, Intelligenzen zu begegnen.

Mit dem Gedanken an eine Parallelwelt konnte er sich nicht so recht anfreunden, obwohl ihm keine Alternative einfiel. Sicher, es war bekannt, daß es parallel im Raum gelagerte Universen gab, aber von identischen Planeten hatte er noch nie etwas gehört.

Inzwischen hatte Marc Hansen im Archiv einige interessante und brauchbare Aufzeichnungen gefunden und abgespielt. Die stark gerafften Informationen vermittelten ihm einen Abriß der terranischen Geschichte, angefangen zu Beginn des 20. Jahrhunderts.

Bis zum Jahr 1970 schien die Entwicklung auf dem Planeten, den er jetzt umkreiste, nahezu mit der auf Terra identisch zu sein, doch dann setzte die stürmische Techno-Entwicklung ein, die Raumfahrt und schließlich das Vordringen in den Weltraum mit sich brachte.

Zu diesem Zeitpunkt also, um 1970 herum, stagnierte die Entwicklung auf der geheimnisvollen Welt, ja, sie schien sogar rückläufig gewesen zu sein.

Marc Hansen ahnte, daß auf beiden Planeten das Jahr 1970 – so genau ließ sich das nicht bestimmen – ein Jahr gewesen sein mußte, in dem Unvorstellbares geschehen war. Er ahnte auch, was, aber er wagte es nicht, den Gedanken weiterzuverfolgen.

Das hatte Zeit, bis er mehr wußte.

Er sortierte die Aufzeichnungen und legte sie ins Archiv zurück. Ein wenig schwerfällig war sein Gang, als er in die Zentrale zurückkehrte. Er gab Kevin durch einen Wink zu verstehen, daß er im Kommandosessel sitzen bleiben sollte, und ging zu Veri Conter und Devi Nahru in den Funkraum, dessen Tür nur selten geschlossen wurde.

„Was meinen Sie, Devi?“ Er setzte sich. „Etwas Neues, Veri?“

Die Biologin warf der Funkerin einen Blick zu und begann:

„Kontinente und Vegetationszonen stimmen in etwa

mit denen Terras überein. Einiges deutet darauf hin, daß starke Klimaveränderungen stattgefunden haben. Ursache noch unbekannt. Mehr dürfte erst zu erfahren sein, wenn wir gelandet sind."

„Also keine Bedenken Ihrerseits zu landen?"

„Keine."

Veri Conter sagte:

„Es gibt eine Art Funkverkehr, aber er ist minimal und hat nur lokalen Charakter, wie schon einmal festgestellt. Brauchbare Informationen konnte ich ihm nicht entnehmen, abgesehen davon, daß ich die vielen Sprachen nicht beherrsche. Ich habe einige Sendungen aufgezeichnet."

„Die höre ich mir noch an. Welchen Kontinent empfehlen Sie für eine erste Landung?"

Die Funkerin zuckte die Schultern.

„Das spielt keine entscheidende Rolle, glaube ich. Nordamerika vielleicht. Dort wird meist Englisch gesprochen, wie es scheint."

„Gut." Marc stand auf und ging zu Kevin. „Leite das Landemanöver ein, Kevin. Mac, du verschwindest am besten wieder in dein Reich."

„Bin schon unterwegs", knurrte der Schotte und verließ den Raum.

Marc Hansen setzte sich neben Kevin O'Hara, der das Schiff aus dem Orbit gleiten und langsam absteigen ließ.

Über der ostamerikanischen Küste ging gerade die Sonne auf.

4.
EX-79

Obwohl die EX-79 ohne jede Tarnung Europa und den Atlantik überquerte und dabei tiefer sank, gab es keine Anzeichen dafür, daß jemand von ihnen Notiz nahm.

Erst als sie die Ostküste Amerikas in geringer Höhe überflogen, fing Veri Conter einige Funksprüche auf, die von der Sichtung eines großen Flugkörpers berichteten, der von Ost nach West den Himmel überquerte.

Marc änderte den Kurs auf Südwest, glitt dicht über einige allem Anschein nach unbewohnte Siedlungen und kleinere Städte hinweg, ehe er das Schiff am Rand eines verkrüppelten und halbvertrockneten Waldes niedersetzte.

Die Meßautomatik begann mit ihrer Arbeit, und bald kamen die ersten Daten aus der Auswertung. Sie brachten keine große Überraschung. Die Atmosphäre enthielt knapp zwanzig Prozent Sauerstoff, also etwas weniger als auf Terra, dafür mehr als ein Prozent Kohlendioxyd. Die Luft war warm und trocken und sehr ozonhaltig.

Bakterien waren in bekannter Form vorhanden.

Der Orter kam steifbeinig aus seiner Ecke.

„Werden wir uns bald die Füße vertreten können?“ erkundigte er sich, nachdem Marc die Werte vorgelesen hatte. „Oder gibt es da draußen Schwierigkeiten?“

„Wohl kaum, solange man uns in Ruhe läßt, Peter. Früher oder später wird man sich bestimmt um uns kümmern.“

„Hoffentlich erst später“, knurrte Mac Brady, der hereinkam.

„Wir sind nicht hier, um Urlaub zu machen“, erinnerte

ihn Marc. „Ich denke, wir sehen uns mit dem Gleiter ein wenig um."

„Gut. Dann erschrecken wir die Leute nicht so", hoffte auch Kevin.

Obwohl offensichtlich keine Gefahr drohte, wurden die vorgeschriebenen Sicherheitsvorkehrungen eingehalten. Trotz heftigen Protestes wurde Kevin O'Hara dazu verurteilt, als stellvertretender Kommandant an Bord zu bleiben und die Funküberwachung zu übernehmen. Mac Brady übernahm es, den kleinen Gleiter auszuschleusen. Er bot leicht vier Personen Platz.

Marc Hansen betrat als erster den Boden Amerikas – oder des Kontinents, den sie dafür halten mußten. Brady erwartete ihn zusammen mit Devi Nahru und dem Ingenieur Seragon, der bei jeder Gelegenheit stolz behauptete, von den Indianern abzustammen.

Hansen checkte die Funkverbindung. Kevin meldete sich prompt, aber seine Stimme klang etwas beleidigt. Immerhin versprach er, ständigen Kontakt zu halten.

Mac Brady hatte die Kontrollen übernommen und lenkte den Gleiter über die niedrigen Wipfel des Krüppelwalds der nächsten Ansiedlung zu, die sie vor der Landung der EX-79 gesichtet hatten. Erst jetzt, da sie den Ort aus nächster Nähe sehen konnten, wurde der Verfall der Häuser offensichtlicher. Hier hatte sehr lange kein Mensch mehr gelebt, wenn auch die überall verstreuten Abfallhalden noch nicht überwuchert waren. Ein klarer Bach, der vom Wald kam und durch die Schutthügel floß, verwandelte sich in ein giftgrünes Rinnsal.

„Die scheinen in ihrem eigenen Mist erstickt zu sein", kommentierte Seragon bitter. „Kein Wunder, daß die Überlebenden auswanderten."

Marc gab keine Antwort, und Mac setzte den Gleiter mitten auf dem ehemaligen Dorfplatz nieder. Niemand stieg aus. Durch das geöffnete Seitenfenster drang ein penetranter Geruch, der sich nicht einordnen ließ, weil er den Terranern unbekannt war.

„Nichts los hier“, stellte Mac Brady fest und tippte auf die Kontrollen. „Sehen wir uns woanders um?“

„Ich denke schon“, stimmte Marc Hansen zu.

Diesmal schlugen sie die Ostrichtung ein. Bis zum Atlantik betrug die Strecke gute hundert Kilometer. Dort gab es größere Städte. In geringer Höhe flogen sie über steppenartiges Gelände und vereinzelte Siedlungen nach Osten, ohne ein menschliches Wesen beobachten zu können. Das Land wirkte wie ausgestorben.

Marc deutete nach vorn.

„Das könnten Gebäude sein, am Horizont. Eine Stadt?“

„Aber welche?“ Veri kramte in ihren Erinnerungen, dann schüttelte sie den Kopf. „Eine der vielen Städte an der Ostküste Amerikas.“

Als sie sich der Stadt näherten, wurde es offensichtlich, daß auch hier ein Verfall stattgefunden hatte. Die Konturen der zum Teil einst sehr hohen Gebäude wirkten wie zerfressen, Wind und Regen hatten ihre Spuren hinterlassen – und niemand hatte die Schäden behoben.

„Sieht nicht gerade sehr einladend aus“, sagte Mac Brady und verringerte die Fluggeschwindigkeit. „Aber die Menschen, oder wer immer hier gehaust hat, können doch nicht einfach ausgestorben sein.“

„Sind sie auch nicht“, lehnte Mark Hansen den Gedanken ab. „Vergiß nicht die von Veri aufgefangenen Funksendungen. Die Frage ist nur, wo sie sind – die Überlebenden.“

Es schaltete das Gerät des Gleiters an und rief Kevin.

„Alles ruhig hier“, berichtete der Erste. „Und bei euch?“

„Nichts. Wir überqueren eine Ruinenstadt.“

„Ruinen?“

„Nun, nicht ganz. Einige Gebäude wurden von der Witterung nicht so sehr angegriffen. Aber nichts Lebendiges hier.“

„Und die Funksprüche? Frisches Gemüse und so weiter . . .?“

„Darüber zerbrechen wir uns auch den Kopf“, gab Marc zu. „Wir suchen weiter.“

„Wir halten Kontakt.“

Weiter nach Osten zu veränderte sich der Anblick. Die breiten Straßen standen unter Wasser, was den Fundamenten der Häuser nicht gerade gutgetan hatte. Einige waren einfach in sich zusammengefallen und bildeten riesige Schutthaufen, die wie Inseln aus der Flut hervorragten. Die Vermutung, der Meeresspiegel sei gestiegen, bewahrheitete sich auf drastische Weise.

„Die Bewohner haben sich in höher gelegene Gebiete zurückgezogen“, vermutete Seragon. „Dort werden wir sie finden.“

„Vielleicht.“

An der Küste entlang flogen sie ein Stück nach Norden, ehe sie Kurs nach Westen nahmen, die EX-79 anpeilten und noch vor der Abenddämmerung neben dem Explorer landeten. Außer ein paar Herden wilder Rinder und Pferde hatten sie nichts Lebendiges entdecken können.

5.
EX-27

In der Nähe der Stadt Topeka im Bundesstaat Kansas hatten sie vor knapp neunzehn Jahren einen sicheren Zufluchtsort gefunden, nachdem sie lange umhergeirrt waren. Die ziemlich verkommene Stadt lag westlich von Kansas-City, in der sich mehr als fünftausend Überlebende aufhielten und auf jede erdenkliche Weise ihr Leben fristeten.

Kommandant Sheldon war in diesen langen Jahren stark ergraut, aber er steckte noch immer voller Energie und hatte die Hoffnung auf eine Rückkehr nach Terra ebensowenig aufgegeben wie der Rest seiner Besatzung, die mit ihm auf der Farm lebte.

Werner Sutter, einst Chefingenieur der EX-27, war fast automatisch Sheldons Stellvertreter geworden, nachdem er sich in den ersten Jahren durch die Kunst des Überlebens hervorgetan und man ihm viel zu verdanken hatte. Außerdem betätigte er sich damals als guter Jäger.

Mae Denver, die Historikerin, war zur Chefköchin der Gemeinschaft avanciert und sorgte für deren leibliches Wohl, was früher nicht immer so einfach gewesen war wie heute. Sheldon hatte sie inzwischen mit dem Zoologen Carlos verheiratet, der für den angewachsenen Viehbestand der Farm verantwortlich zeichnete. Es gab keinen Mangel an Fleisch mehr, und Schäden durch seinen Genuß konnten bisher nicht festgestellt werden.

Die Lage besserte sich schneller, als man erwarten durfte.

Die Farm lag etwa fünfzig Kilometer außerhalb Topeka in einem breiten Tal und an einem kleinen See, der von einem Bach aus den Hügeln gespeist wurde. Rundum breitete sich fruchtbares Weideland aus, eine Seltenheit in dieser trostlosen Welt, die man immer noch „Erde" nannte.

Sheldon war oft damit beschäftigt, seine Aufzeichnungen zu vervollständigen. Selbst wenn die erhoffte Rettung nicht mehr zu seinen Lebzeiten eintraf, so sollte die Nachwelt doch erfahren, welch ein unglaubliches Schicksal sie hierher verschlagen hatte.

Ein Generator, der vom Bach angetrieben wurde, lieferte der Farm den notwendigen elektrischen Strom. Mit seiner Hilfe unterhielt Fred Tanger nun schon lange seine Funkstation, die den Kontakt zur Außenwelt darstellte, wenn auch in sehr beschränktem Maß. Dafür gab es eine Menge guter Gründe.

Heute waren Werner Sutter, Carlos und seine Frau Mae zur hundert Kilometer entfernten Station der Technos gefahren und noch nicht zurückgekehrt. Vielleicht blieben sie über Nacht.

Das kam oft genug vor.

Der Keller des Farmhauses diente als Vorratslager. Hier waren nicht nur Lebensmittel und Getränke untergebracht, sondern auch ein Großteil der vorhandenen Waffen – die hier noch üblichen Repetiergewehre und Schrotflinten, aber besonders auch die geretteten Energiestrahler des Explorers, die bereits gute Dienste geleistet hatten.

Sheldons Vermutung, die er in seiner Botschaft an Terra geäußert hatte, bestätigte sich auf dieser Welt in beängstigendem Ausmaß. Es konnte sich in der Tat nur um eine Parallelwelt handeln, auf der die Weiterentwicklung der technischen Zivilisation ein jähes, unbegreifliches Ende gefunden hatte. Eine katastrophale Klimaveränderung hatte Hungersnöte ausgelöst, denen mehr als die Hälfte der Erdbevölkerung zum Opfer gefallen sein mußte.

Und die Überlebenden waren dabei, sich gegenseitig umzubringen.

Sheldons Gedanken wanderten zurück, um fast neunzehn Jahre . . .

Die EX-27 war beim Eindringen in die Erdatmosphäre aus unbekannter Ursache abgestürzt und im Meer versunken. Die Überlebenden retteten sich mit dem Gleiter. Bei der Landung ging das überladene Fluggerät allerdings zu Bruch, nicht weit von einer Ansiedlung entfernt. Mit zwei Begleitern marschierte Sheldon in das kleine Dorf, wo er mit mißtrauischer Zurückhaltung empfangen wurde. Sie gaben sich als Flüchtlinge aus dem nördlich gelegenen Gebiet aus, was ihnen trotz der fremdartigen Kleidung geglaubt wurde.

An diesem ersten Abend unterhielt sich Sheldon noch lange mit den Dorfältesten und verstand es durch geschickt gestellte Fragen, einiges in Erfahrung zu bringen, das sich später als nützlich erwies.

So wurden die drei vermeintlichen Flüchtlinge gewarnt, sich nicht länger als eine paar Stunden täglich dem direkten Sonnenschein auszusetzen, Wasser nur abgekocht zu trinken und Fleisch nur in geringen Mengen zu sich zu nehmen, weil sonst Krankheiten wie Erbrechen, Übelkeit und eventueller Tod die Folge sein könnten. Und vor allen Dingen solle man sich vor den in dieser Gegend immer wieder auftauchenden Räuberbanden hüten, die mordeten und plünderten, aber auch vor den sogenannten Technos, die ja schließlich an der ganzen Misere schuld hätten und sich meist in ihren Verstecken aufhielten.

Es wurde Sheldon erlaubt, seine übrigen Gefährten zur Übernachtung ins Dorf zu holen. Zwei Männer blieben als Wache bei dem havarierten Gleiter zurück. Die harmlosen Dorfbewohner wunderten sich über die Unwissenheit ihrer Gäste, gaben sich jedoch zufrieden, als ihnen erklärt wurde, daß die sich jahrelang in den Bergen aufgehalten und keinen Kontakt mit anderen Gruppen gehabt hatten.

Die Technos waren jene, sie oder ihre Freunde und Nachkommen, denen die Welt ihren Untergang zu verdanken hatte. Sie lebten in kleinen Gruppen zurückgezogen in unterirdischen Anlagen und wachten über das technische Erbe der zusammengebrochenen Zivilisation. Man munkelte sogar, daß sie unwiderstehliche Waffen besäßen, ein Grund mehr, sich möglichst wenig um sie zu kümmern.

Nur die sogenannten Anti-Techs versuchten immer wieder, diese „Feinde der Menschheit" in ihren Verstekken aufzutreiben und zu vernichten, ehe sie neues Unheil anrichten konnten.

Sheldon erfuhr noch mehr und war froh, seinen Gastgebern nichts von Terra, der anderen Erde, berichtet zu haben. Man würde sie für Technos halten und kein Wort ihrer Geschichte glauben. Als er sich später zu seinen in einer Scheune untergebrachten Gefährten gesellte, informierte er sie über das Erfahrene.

„Nun wissen wir, woran wir sind und daß wir nicht mit Hilfe rechnen können. Wir können nur hoffen, daß unser Funkspruch Terra erreicht hat und daß man ein Schiff schickt, das unseren Anweisungen folgt. Und noch etwas habe ich erfahren, etwas sehr Seltsames und vorerst Unerklärliches: Wir starteten von Terra im Mai des Jahres 2070. Hier aber befinden wir uns im Jahre des Herrn

2021. Es besteht demnach eine Differenz von neunundvierzig Jahren. Vergeht die Zeit auf dieser Welt langsamer?“

Sie diskutierten noch lange an diesem Abend, ohne zu greifbaren Ergebnissen zu gelangen. Am nächsten Morgen nahmen sie dankbar die Bündel mit Nahrungsmitteln entgegen, die man ihnen mit auf den Weg gab, und begannen den Rückmarsch zu ihrem vorläufigen Versteck in den Hügeln.

Die beiden als Wache zurückgebliebenen Männer berichteten erleichtert, daß sich niemand in der Zwischenzeit hatte blicken lassen.

Von Westen her zogen Wolken auf. Sheldon mahnte zum Aufbruch. Es ging darum, einen möglichst sicheren Unterschlupf zu finden, ohne mit Technos oder Anti-Techs zusammenzutreffen. Die anderen Überlebenden stufte er als relativ harmlos ein, aber auch mit ihnen sollte eine Begegnung möglichst vermieden werden. Beruhigend war die Tatsache, daß sich bei den geretteten Ausrüstungsgegenständen auch Hand-Impulsstrahler befanden, deren Einsatz sie allerdings verraten konnte.

Man wollte sie nur im äußersten Notfall gebrauchen.

Als es leicht zu regnen begann, zogen sie los.

Die Überreste des Gleiters lagen in der Tiefe einer engen Schlucht.

Im Westen würde es weniger Städte und Ansiedlungen geben, und daher auch mehr relative Sicherheit.

Zumindest hoffte Sheldon das.

Sie marschierten immer nur wenige Stunden und suchten sich rechtzeitig eine Unterkunft für die Nacht. Immer wieder fanden sie verlassene und halbzerfallene Farmhäuser oder Ställe, in denen sie lagern konnten.

Einmal erblickten sie in der Ferne eine Gruppe von Menschen, die unbeirrt in südlicher Richtung weiterzogen, ohne sich um sie zu kümmern. Wahrscheinlich waren sie nicht gesehen worden.

„Es müßte hier doch Pferde geben“, mutmaßte Werner Sutter und schulterte sein schweres Gepäck neu. „Mit der Zeit geht mir die Schlepperei auf den Geist.“

Vor ihnen hob sich die Silhouette einer Ansiedlung gegen den Horizont ab. Von eventuellen Bewohnern war nichts zu sehen. Aus den Kaminen quoll kein Rauch, obwohl es kühl geworden war.

„Dort bleiben wir über Nacht“, entschied Sheldon. „Solange wirst du es wohl noch aushalten, Werner.“

Sie folgten dem Weg, der nur noch durch tiefe Radspuren als solcher zu erkennen war.

„Ein Wagen wäre auch recht“, knurrte Sutter mißmutig.

Es gab nur eine einzige Straße in dem Ort. Rechts und links standen die baufälligen Holzhäuser und kleinere Hütten. Anzeichen wiesen darauf hin, daß hier kürzlich noch Menschen gewesen waren. Sie mußten weitergezogen sein, denn niemand ließ sich blicken.

„Das war schon vor der Katastrophe eine Geisterstadt“, behauptete Carlos, der Zoologe. „Vielleicht hat man hier früher Filme gedreht.“

Nach einigem Suchen entschieden sie sich, in der „Stadthalle“ Quartier zu machen. Der große Raum im Innern bot allen genügend Platz. Auch war das Gebäude nicht so verfallen wie die anderen, weil zum Bau auch Steine verwendet worden waren. Im Keller fanden sie Gewehre und Munition.

Während sich die anderen einrichteten, unternahm Sheldon mit einem Mann der Besatzung einen Rundgang durch den Ort. Zur Sicherheit nahm er einen kleinen Handstrahler mit, den er unter der Jacke im Gürtel verborgen hielt.

Die Vorsichtsmaßnahme erwies sich zum Glück als überflüssig. Sie begegneten keinem Menschen, aber auch die völlige Einsamkeit wirkte irgendwie beunruhigend, obwohl sie nichts anderes erwartet hatten.

„Auf was für eine Welt sind wir da nur geraten . . .!“

Sheldon warf Fred Tanger vom technischen Personal einen forschenden Blick zu, ehe er antwortete:

„Auf der Erde, Fred, das wissen wir doch nun, aber eben nicht auf der Erde, wie wir sie kennen. Damit müssen wir fertig werden.“

„Warum aber, so frage ich mich, ist sie so – so rückständig? Was ist hier passiert?“

Sheldon zuckte die Schultern. Welchen Sinn hatte es, Vermutungen zu äußern, solange es keine Gewißheit gab? Er hatte Verständnis für die Fragen seines jungen Begleiters, dessen erster Flug mit einem Explorer so enden mußte.

„Wir werden es noch herausfinden“, sagte er schließlich zuversichtlich und blieb stehen. „Gehen wir zurück. Wir dürfen sicher sein, daß wir hier allein sind und uns keine Gefahr droht.“

Fragende Blicke empfingen die beiden Männer, als sie die Stadthalle betraten. Sheldon berichtete kurz, dann empfahl er seinen Leuten, sich schlafen zu legen.

Morgen lag ein weiterer Tagesmarsch vor ihnen.

Sie marschierten eine Woche in westlicher Richtung, ohne einem Menschen zu begegnen. Zum Glück besaßen sie noch genügend Konzentratnahrung, so daß sie nicht zu hungern brauchten. Zwar gelang es Werner Sutter, ein von der Herde getrenntes Rind zu erlegen, aber die Warnung der Dorfbewohner war noch zu frisch in Erinnerung. Sie genossen den Braten, aber nur in kleinen Portionen.

„Es muß sich um radioaktive Verseuchung handeln“, vermutete der Zoologe Carlos. „Aber es gibt keine Hinweise darauf, daß hier ein Atomkrieg stattgefunden hat.“

„Eine Verseuchung kann auch andere Urschen haben.“ Sheldon starrte nachdenklich in das Lagerfeuer, das die Talsenke nur spärlich erleuchtete. „Die Männer im Dorf sprachen von der Sonne, deren Strahlung gefährlich sei. Wir haben keine Meßgeräte retten können, ich nehme jedoch an, daß die ultraviolette Strahlung stärker geworden ist.“

„Das wird es sein“, stimmte Mae Denver, die Historikerin, zu. „Von einer solchen Gefahr war Anfang der Siebziger des vorigen Jahrhunderts die Rede – bei uns auf Terra. Aber dann hat man nie mehr davon gehört.“

„Auf Terra nicht, Mae!“ sagte Sheldon. „Aber dies hier ist die andere Erde! Die Entwicklung verlief anders.“

„Du meinst . . .?“ Mae Denver schwieg plötzlich.

Sheldon nickte ernst.

„Ja, genau das meine ich! Bis zu dem eben genannten Zeitpunkt war die Entwicklung auf den beiden Welten identisch, ich nehme sogar an, daß beide Welten selbst identisch waren. Wir sprachen schon darüber, aber der Gedanke ist so ungeheuerlich, daß man sich erst daran gewöhnen muß. Und dann passierte die Abtrennung, aus welchen Gründen auch immer. Die Vorfahren der Menschen, die jetzt hier leben, sind auch unsere Vorfahren.“

„Das ließe sich feststellen“, behauptete Mae Denver.

„Leider fehlen uns Unterlagen. Sie gingen mit dem Schiff verloren."

Das Feuer war niedergebrannt. Niemand legte Holz nach.

Am anderen Tag setzten sie nach Sonnenaufgang ihren Marsch ins Ungewisse fort.

Und das Unvermeidbare geschah.

Sie gerieten in einen Hinterhalt.

Der Spähtrupp der Anti-Techs bestand aus sechs mit Gewehren und Schrotflinten bewaffneten Männern. Seit zwei Tagen bereits beobachteten sie die Personen, die ziemliches Gepäck mit sich herumschleppten und sich offensichtlich auf der Wanderung nach Westen befanden. Vielleicht waren sie auf der Flucht.

Das Gepäck versprach reiche Beute, aber mit Sicherheit würden die Fremden auch Waffen besitzen und sich erbittert wehren, wenn sie angegriffen wurden. Vorsicht war demnach geboten.

Nachdem die Marschrichtung der Gruppe einigermaßen sicher bestimmt werden konnte, bereitete man den Hinterhalt vor. Die Anti-Techs hielten für diesen Zweck ein breites Tal für besonders günstig, das rechts und links von flachen und mit dichtem Gestrüpp bedeckten Hügeln begrenzt wurde. Das Tal verlief genau von Ost nach West.

Die sechs Männer verteilten sich und fanden genügend Deckung in den dornigen Büschen. Eine alte, längst verwitterte Landstraße führte dicht an dem kleinen Fluß entlang, der das Tal einst gebildet hatte.

Die beutegierigen Anti-Techs, die es nicht nur auf die Technokraten abgesehen hatten, warteten geduldig. Sie waren entschlossen, die Wanderer auszulöschen. Es sollte keine Zeugen des Überfalls geben.

Als Werner Sutter von seinem Jagdausflug ohne Beute zurückkehrte, hatte er eine erstaunliche Entschuldigung parat.

„Ich habe Fußspuren entdeckt und wollte nicht schießen, um uns nicht zu verraten. Leider habe ich keinerlei Erfahrung im Spurenlesen. Ich kann nicht sagen, wie alt sie sind. Auf keinen Fall aber älter als ein paar Tage."

„Wie viele?" wollte Sheldon wissen.

„Zwei oder drei, die sich dann trennten. Wer immer es auch war, sie müssen sich in die Hügel begeben haben, oder in das Tal dazwischen. Vielleicht sind es harmlose Flüchtlinge, so wie wir."

„Das Tal liegt in unserer Richtung. Wollten wir es meiden, müßten wir einen großen Umweg in Kauf nehmen. Ich denke, uns droht keine Gefahr." Er blickte nach Osten, wo vor einer Stunde die Sonne aufgegangen war. „Haltet die alten Feuerwaffen bereit. Nur ich nehme einen Strahler – für den äußersten Notfall."

Sie nahmen ihr Gepäck auf und setzten sich in Marsch.

Sie folgten der verwitterten Straße, auf der gelbes Gras spärlich den ursprünglichen Asphalt bedeckte. Fahrzeuge waren hier schon lange keine mehr gefahren.

Sheldon trug den Handstrahler im Gürtel seiner nicht mehr als solche erkennbaren Uniformhose. Die anderen hielten die Feuerwaffen bereit, die sie früher gefunden hatten und deren Gebrauch in dieser Welt unverdächtig sein mußte.

Sutter deutete auf die Fußspuren, die er entdeckt hatte. Ein Stück folgten sie ihnen, aber dann trennten sie sich, wie er behauptet hatte. Sie führten rechts und links in die Hügel, wo sie zwischen den Büschen verschwanden.

„Vielleicht Jäger", meinte Carlos. „Ich glaube nicht, daß sie uns gefährlich werden könnten."

„Sie wissen auch nichts von uns“, stimmte Sheldon zu, ohne in seiner Aufmerksamkeit nachzulassen. „Bleibt zusammen, aber seid auch bereit, jederzeit in Deckung zu gehen. Man kann nie wissen.“

Trotz des bestehenden Verdachts kam der plötzliche Überfall überraschend, und er hätte sicherlich mehr als nur einen Leichtverwundeten gekostet, wenn die Kerle nicht so miserable Schützen gewesen wären. So aber fing sich nur einer der ehemaligen Techniker ein paar harmlose Schrotkörner ein, die später relativ leicht entfernt werden konnten.

Wie ausgemacht, suchten sie sofort Deckung, einige sogar hinter ihrem Gepäck. Aber die heimtückischen Schützen griffen von zwei Seiten an und kamen dann aus ihren Verstecken hervor, wobei sie wie die Verrückten schossen.

Sheldon und seine Leute erwiderten das Feuer.

Sie hatten in der Zwischenzeit genügend Erfahrungen im Umgang mit alten Feuerwaffen gesammelt. Um Munition zu sparen, die kaum noch aufzutreiben war, nahmen sie genau Ziel, ehe sie abdrückten. Und sie nahmen keine Rücksicht.

Die sechs Bandenmitglieder merkten sehr bald, daß sie an die Falschen geraten waren, aber da war es bereits zu spät. Nur einer entkam dem verheerenden Abwehrfeuer und verschwand zwischen den dichten Büschen. Erleichtert stellte er fest, daß er nicht verfolgt wurde. Er blieb so lange in seinem Versteck, bis der Trupp der Fremden weiterzog, nachdem sie den Gefallenen Waffen und Munition abgenommen hatten.

Mae Denver hielt sich neben Carlos. Die beiden verband schon lange eine innige Freundschaft, die sich seit dem Unglück noch gefestigt hatte.

„Ich weiß nicht, was Sheldon plant", sagte sie, nachdem sie ihr Gewehr nachgeladen hatte. „Aber ich meine doch, daß es allmählich Zeit wird, das tragbare Funkgerät in Ordnung zu bringen."

Er nickte.

„Das wird Tanger besorgen, da uns die beiden Funker fehlen. Sie ertranken, wie du dich erinnerst. Tanger versteht einiges von diesen Dingen, er schleppt das Gerät ja auch mit. Ein paar Teile müssen ersetzt werden, behauptet er. Vielleicht finden wir welche, die sich umfunktionieren lassen."

„Nur in einer Stadt, Carlos. Und Städte sollten wir meiden."

Sie gingen am Schluß der Gruppe, hielten aber keinen zu großen Abstand. Niemand konnte wissen, ob ein zweiter Angriff erfolgte. Man war jedenfalls darauf vorbereitet.

„Das Funkgerät nützt uns überhaupt nichts, Mae, solange wir nicht wissen, ob wir von Terra aus gesucht werden. Vielleicht wurde unser Hilferuf überhaupt nicht empfangen. Dann können wir lange warten. Ich fürchte, wir werden den Rest unseres Lebens hier verbringen müssen. Das ist auch der Grund, warum ich Sheldon bitte, uns einen Ehevertrag auszustellen."

Sie war nicht sonderlich überrascht über seinen Antrag, denn sie hatten schon lange vor zu heiraten. Die zurückliegenden Ereignisse hatten diesen Entschluß nur verzögert.

„Sobald wir einen Ort gefunden haben, an dem wir uns niederlassen", stimmte sie bereitwillig zu.

„Natürlich." Er deutete mit dem Kinn in Marschrichtung. „Ich gehe ein wenig voraus. Vielleicht kann ich mich etwas mit Sheldon unterhalten und erfahren, was er vorhat. Bis später!“

Ohne eine Antwort abzuwarten, beschleunigte er seine Schritte.

Sheldon marschierte allein an der Spitze der Kolonne. Er begrüßte Carlos mit einem flüchtigen Nicken.

„Sieht nicht so aus, als gäbe es einen weiteren Überfall. Hat sich vielleicht nur um eine kleine Gruppe gehandelt.“

„Einer kam davon. Wenn es noch andere Banditen gibt, wird er sie warnen und berichten, daß mit uns nicht gut Kirschen essen ist.“

„Das hoffe ich auch.“

Carlos zögerte, dann sagte er:

„Was werden wir anfangen, Sheldon? Wir können doch nicht ewig nach Westen marschieren, bis wir den Pazifik erreichen.“

„Ich glaube schon einmal erwähnt zu haben, daß wir uns ein sicheres Versteck in den Bergen suchen wollen. Vielleicht auch schon vorher, wenn wir etwas Geeignetes finden. Schließlich müssen wir uns an den Gedanken gewöhnen, vielleicht Jahre hier aushalten zu müssen. Dazu gehören in erster Linie Nahrungsbeschaffung und Sicherheit. Ich dachte auch schon daran, einfach ein verlassenes Dorf in Besitz zu nehmen, oder eine große Farm. Größere Städte sind zu riskant.“

„Es muß aber doch noch Menschen geben, die friedlich gesonnen sind, nicht nur Räuber und Banditen. Haben wir doch auch schon erlebt.“

„Das stimmt schon, Carlos. Aber Vorsicht verlängert unser Leben.“

Carlos wechselte das Thema und kam auf sein Verhältnis zu Mae Denver zu sprechen. Sheldon willigte ohne weiteres ein und versprach, den Ehevertrag auszufüllen und zu bestätigen, sobald sie eine vorläufige Bleibe gefunden hatten.

Befriedigt verlangsamte Carlos seine Schritte und ließ sich von Mae einholen, um ihr das Einverständnis des Kommandanten mitzuteilen.

In den folgenden Wochen wehrten sie drei weitere Überfälle unterschiedlicher Gruppen erfolgreich ab und drangen dabei immer weiter nach Westen vor. Karten besaßen sie nicht, aber als Historikerin besaß Mae Denver genügend Kenntnisse über die geographische Struktur des nordamerikanischen Kontinents, um ungefähr zu wissen, wo sie sich befanden.

„Wir dürften das ehemalige Illinois fast durchquert haben“, war sie sich ziemlich sicher, als sie abends in einer geschützten Senke am Lagerfeuer saßen und Sheldon sie fragte. „Also werden wir morgen oder übermorgen den Oberlauf des Mississippi erreichen und damit Missouri. Wenn wir weiter nach Westen marschieren, kommen wir nach Kansas.“

„Da wollte ich immer schon mal hin“, gestand Sheldon, der in England geboren war. „Ich hatte Verwandte in Kansas-City. Vielleicht begegne ich ihren Spiegelbildern.“

Er hatte es im Scherz gesagt, doch als es heraus war, erschrak er vor dieser Möglichkeit. Dann jedoch sagte er sich, daß die Zeitdifferenz zwischen Terra und der Erde ein solches Zusammentreffen nicht zuließ.

Zumindest erschien es höchst unwahrscheinlich.

Sutter erschien mit einem erlegten Wild, und Mae machte sich mit Hilfe ihres Verlobten an die Zubereitung des Essens. Andere holten frisches Wasser aus einem nahen Bach oder sammelten Feuerholz. Tanger und drei weitere Männer umkreisten das Lager und hielten Wache.

Der Absturz der EX-27 lag nun schon mehr als zwei Monate zurück, und niemand wagte noch an eine Rettung von dieser zweiten Erde zu glauben. Ganz allmählich begannen sich die fünfzehn Überlebenden des Explorers an ihr neues Dasein zu gewöhnen, und damit auch an den Gedanken, für immer von Terra und ihren Freunden dort abgeschnitten zu sein. Und mit der Zeit, so hofften sie, würden sie auch mit den Überlebenden dieser Welt Kontakt aufnehmen können. Zumindest mit jenen, die friedlich eingestellt waren und nicht von Raub und Mord lebten.

„Ich habe den Mississippi sehen können", berichtete Werner Sutter, nachdem er seine Beute abgeliefert hatte. „Wir werden ihn morgen leicht erreichen. Hoffentlich gibt es noch eine Brücke oder wenigstens Boote."

„Der Oberlauf kann nicht so breit sein", beruhigte ihn Sheldon. „Notfalls bauen wir uns ein Floß."

Später wurden die Wachen abgelöst.

Es versprach eine ruhige Nacht zu werden.

Am späten Nachmittag des folgenden Tages schlugen sie ihr Lager am Ostufer des Stromes auf, der immer noch breit genug war, um ein Hindernis zu bilden. Zum Glück waren die Ufer an dieser Stelle nicht zu sumpfig. Es wuchsen sogar vereinzelte Bäume auf sandigem Grund.

Weiter nördlich lag eine kleine Stadt, aber sie war weit genug entfernt, um keine unmittelbare Gefahr darzustellen. Man würde sie auch kaum bemerken. Ein Lagerfeuer war überflüssig, da von gestern her noch genügend Fleisch übriggeblieben war. Und kalt würde es in der Nacht auch nicht werden.

Noch vor der Dunkelheit fand eine Streife ein altes Fischerboot. Es lag auf einem flachen Uferstreifen und schien nicht leck zu sein. Die beiden Männer zögerten nicht lange. Sie schoben den Kahn ins Wasser und warteten. Nur ein paar Tropfen zeigten sich innenbords. Ruder waren nicht vorhanden, also paddelten sie mit den Händen. Zehn Minuten später erreichten sie das Lager.

Sheldon zeigte sich befriedigt.

„Das genügt, Freunde. Das Boot trägt leicht fünf Personen, und die Strömung ist nicht stark. Es geht auch ohne Paddel oder Ruder."

Nach Sonnenaufgang setzte die erste Partie zum anderen Ufer über. Das Boot wurde nur wenig abgetrieben, und nach knapp einer Stunde war es geschafft. Sie hatten den Mississippi überquert und konnten ihren Marsch nach Westen fortsetzen.

Acht Tage später sahen sie weit vor sich die Skyline einer großen Stadt. Sheldon blieb stehen und wartete, bis die Gefährten ihn erreichten. Mae Denver sagte:

„Das muß Kansas-City sein, wenn mich nicht alles täuscht."

Sutter kramte in seinem Gepäck und förderte sein gerettetes Nachtglas zutage. Es begann zu dämmern, aber der westliche Horizont war noch hell. Die Umrisse der Hochhäuser hoben sich deutlich gegen das Abendrot ab.

„Ich erkenne vereinzelt Lichter", teilte er den anderen mit. „Es sind nur wenige und durch größere Abstände getrennt. So als wolle man engere Kontakte meiden. Das kann natürlich unterschiedliche Ursachen haben. Vielleicht finden wir morgen, wenn es hell ist, mehr heraus." Er wandte sich an Fred Tanger. „Du hast in den letzten Tagen an dem Gerät herumgebastelt, Fred. Wie weit bist du?"

„Ganz ordinäre Kurzwelle kann ich empfangen, und ich denke auch, daß ich senden kann, habe es aber nicht versucht. Um den Hyperfunkteil funktionsfähig zu machen, würde ich einige Dinge benötigen, aber woher soll ich die nehmen? Und hätte Hyperfunk überhaupt einen Sinn?"

„Vielleicht, Fred. Kann ja sein, daß ein anderer Explorer unserer Spur folgte, ohne diese Erde anzutreffen. Mit Hyperfunk könnten wir ihn erreichen."

„Ja, das könnte sein." Er deutete in Richtung der Stadt. „Ob wir dort etwas finden?"

Sheldon zuckte die Schultern.

„Das weiß ich ebensowenig wie du, aber wir werden es wohl versuchen müssen. Wir suchen uns hier in der Gegend ein sicheres Versteck, während zwei von uns in die Stadt gehen. Ich würde Werner und dich vorschlagen. Eure Kleidung kann euch nicht mehr verraten."

„Morgen haben wir Stadturlaub", scherzte Sutter und klopfte Tanger auf die Schulter. „Hoffentlich haben die Kneipen geöffnet. Ich hätte Appetit auf ein kühles Bier."

„Die werden mit unserer Sol-Währung kaum etwas anfangen können", vermutete Tanger düster. „Und Dollars haben wir nicht."

Sie marschierten etwa einen Kilometer nordwärts und fanden im dichten Unterholz eines kleinen Waldstückes eine Lichtung, die als Nachtlager geeignet war.

Auch diesmal gab es kein Feuer.

Sutter und Tanger folgten der verwitterten Straße und erreichten nach einem zweistündigen Marsch die Außenbezirke der Stadt. Hier begegneten sie auch den ersten Menschen.

Einige von ihnen verschwanden blitzschnell in den

vereinzelt stehenden Vorstadthäusern, ehe sie eine Frage an sie richten konnten. Da die beiden Männer jedoch harmlos erscheinen mußten, weil sie allem Anschein nach unbewaffnet waren, faßten sich endlich doch ein paar Bürger ein Herz und warteten, bis die beiden Fremden herangekommen waren und sie ansprachen.

„Vielen Dank, daß Sie nicht weggelaufen sind“, begann Sutter ein Gespräch. „Wovor hat man hier Angst?“

Einer der Angesprochenen deutete nach Osten.

„Aus der Richtung bekamen wir schon oft genug unliebsamen Besuch. Wir leben in einer Welt, in der nur der Vorsichtige nicht zu schnell stirbt. Woher kommt ihr?“

„Von dort“, erwiderte Sutter und deutete ebenfalls nach Osten.

„Und warum kommt ihr?“

„Gibt es hier noch Geschäfte?“ reagierte Tanger mit einer Gegenfrage. „Der Ort, den wir verlassen haben, wurde ausgeplündert. Wir hofften, hier einige Vorräte ergänzen zu können.“

„Es gibt noch Geschäfte, aber da ist nicht mehr viel zu holen. Und ihr müßt vorsichtig sein. Die Bürgerwehr kennt keinen Spaß, wenn Fremde die letzten Reserven stehlen.“

Sutter wehrte ab.

„Davon kann keine Rede sein. Wir wollen auch keine Lebensmittel, wenn Sie das meinen. Ein paar Werkzeuge vielleicht, oder Nägel.“

„Dagegen hat niemand etwas. Aber wenn die Bürgerwehr auftaucht, fragen Sie besser um Erlaubnis. Das macht immer einen guten Eindruck.“

„Wird gemacht“, versprach Sutter und nickte ihnen zum Abschied zu. „Und vielen Dank für die Auskunft.“

Sie gingen weiter und spürten im Rücken die Blicke der Männer und Frauen, die ihnen nachsahen. Immerhin wußten sie nun, daß es eine Bürgerwehr gab, die für Ruhe und Ordnung sorgte. Demnach herrschte in Kansas-City noch nicht das totale Chaos wie in anderen Städten.

Verrostete Autos, teilweise halbdemontiert, zierten die Gehwege und Straßen. Es schien schon lange keinen Treibstoff mehr zu geben. Kein Benzin, kein Öl, nichts. Die Wirtschaft mußte mit überraschender Schnelligkeit zusammengebrochen sein. Noch immer gab es keine einleuchtende Erklärung dafür.

Immer wieder begegneten ihnen Menschen. Die meisten wichen ihnen scheu aus, andere ignorierten sie und erwiderten den Gruß nicht. Und es gab auch solche, die ihnen neugierige und sogar haßerfüllte Blicke nachwarfen.

Die Schaufenster der Geschäfte, die nun häufiger wurden, waren meist leer. In den Regalen lagen nur noch aufgerissene Verpackungen und zertrümmerte Kisten oder Dosen. Es sah verdächtig nach Plünderung aus.

Die Häuser standen nun dichter und wurden höher. Sie wirkten weniger verfallen als einfach ungepflegt. Die Farbe war abgeblättert, und viele Fenster waren eingeschlagen. Im Verputz waren die Einschlagspuren von Geschossen nicht zu übersehen.

Ein flacher Gebäudekomplex ließ ein großes Einkaufszentrum vermuten. Die Eingänge waren offen, die Glastüren eingeschlagen.

Die beiden Männer waren stehengeblieben.

„Das sieht vielversprechend aus“, meinte Tanger hoffnungsvoll.

„Stimmt, hier konnte man so ziemlich alles einkaufen. Aber was ist wohl davon übriggeblieben?“

„Sehen wir doch nach", schlug Tanger vor.

Langsam und vorsichtig überquerten sie den freien Platz, der einst als Parkplatz gedient hatte. Die herumstehenden Wracks verrieten das nur zu eindeutig.

Aus den Augenwinkeln heraus bemerkte Sutter eine Bewegung und blieb sofort stehen. Tanger machte noch zwei oder drei Schritte und hielt ebenfalls an. Aus einem der größeren Autowracks kletterten drei Männer mit Schrotgewehren, deren Läufe drohend auf die beiden Fremden gerichtet wurden.

Sutter hob die Hände, um seine friedlichen Absichten kundzutun.

„Wer seid ihr?" fragte der bärtige Anführer der drei Männer grob. „Was habt ihr hier zu suchen? Wir haben euch noch nie gesehen. Ihr seid fremd, he?"

Sutter ließ die Hände langam sinken. Sofort fuhr ihn der Bärtige an:

„Laßt die Flossen oben, Freunde! Habt ihr einen Permit?"

Permit? Einen Ausweis, eine Genehmigung?

„Wir sind fremd", bestätigte Sutter schließlich. „Wir suchen die Bürgerwehr, um eine Erlaubnis zum Einkauf zu erhalten."

„Ihr habt sie gefunden, und wie mir scheint, gerade noch früh genug. Aber das wird euch nicht viel nützen. Die Geschäfte sind fast leer, und Lebensmittel gibt es nur noch für unbescholtene Bürger dieser Stadt. Den Begriff ‚Geld' könnt ihr vergessen."

„Keine Lebensmittel", beschwichtigte ihn Sutter schnell. „Was wir brauchen, sind nur ein paar Nägel oder Schrauben. Vielleicht auch ein paar Ersatzteile für ein Funkgerät."

Der Bärtige betrachtete ihn und Tanger voller Mißtrauen.

„Woher kommt ihr?“

„Wir leben in einem kleinen Ort auf der Ostseite des Flusses.“

„Dann würde ich sagen, daß ihr nach dort zurückkehrt. Wir können nichts entbehren, auch keine Nägel, und schon gar nicht Teile für ein Funkgerät. Wer funkt denn heute noch? Höchstens die Technos, die haben ja alles in ihren Bunkern.“ Sein Blick wurde forschender. „Sucht ihr etwa Kontakt mit denen?“

Sutter wirkte echt erschrocken.

„Aber nein, wo denken Sie hin? Wir wollen nur losen Kontakt zu anderen Gruppen haben, die – genau wie wir – in Frieden leben wollen.“

Nun wirkte der Bärtige unschlüssig. Er wechselte ein paar Worte mit seinen beiden Gefährten, dann wandte er sich wieder an Sutter.

„Also gut, einer von uns wird euch ins Kaufhaus begleiten. Aber richtet euch nach seinen Anweisungen und nehmt nur das, was er euch gestattet. Und dann verschwindet so schnell aus der Stadt wie möglich! Mit Fremden haben wir schlechte Erfahrungen gemacht.“

„Keine Sorge – und vielen Dank!“

Der jüngste der drei Männer spannte die Hähne seiner Schrotflinte und winkte mit dem Doppellauf in Richtung des Eingangs.

„Gehen wir!“

Er schien äußerst wortkarg zu sein und folgte ihnen in wenigen Metern Abstand. Der Doppellauf zeigte dabei ständig auf die Rücken von Sutter und Tanger, denen nicht besonders wohl in ihrer Haut war.

Auch hier wirkten die meist leeren Regale trostlos und

wie geplündert. Ein wenig besser sah es in den anderen Sektionen des Warenhauses aus. In der Elektronikabteilung schien man nur einige Geräte wütend zerschlagen zu haben, weil sie nutzlos geworden waren.

In einem Fach entdeckte Tanger Batterien, die sich leicht umbauen ließen und immerhin Strom lieferten. Er nahm eine Handvoll an sich und schob sie in seinen Umhängebeutel, nachdem der Mann von der Bürgerwehr seine Zustimmung genickt hatte.

Ersatzteile für alle möglichen Geräte gab es noch genug. Tanger wählte sehr sorgfältig aus, was er seiner Ansicht nach benötigte, um das Funkgerät wieder voll funktionsfähig zu machen. Ein kleines Handgerät schob er ebenfalls ein.

Sutter begnügte sich mit einigen Werkzeugen und einer Tasche voller Schrauben und Nägel, für die man mit Sicherheit Verwendung finden würde.

„Das wäre alles", teilte er dann dem jungen Mann mit.

„Gut, gehen wir", war die Antwort. Mehr Worte schien er nicht zu kennen.

Der bärtige Anführer gab ihnen noch einmal den guten Rat, sich nicht wieder sehen zu lassen, und wünschte ihnen Glück.

Sutter und Tanger beeilten sich, Kansas-City hinter sich zu lassen. Für die Bewohner der Stadt mußte die Existenz der Bürgerwehr eine Beruhigung sein, denn die bewaffneten Männer sorgten für ihre Sicherheit. Hier würden sich Banditen eine blutige Nase holen, wenn sie versuchen sollten, Geschäfte oder Häuser zu überfallen.

„Wir können froh sein, mit einem blauen Auge davongekommen zu sein, Werner. Die hätten uns auch aufhängen können."

„Das glaube ich nicht. Sie machten keinen schlechten Eindruck."

„Aber wir vielleicht", meinte Tanger und grinste. „Wir hätten uns nach einem Bekleidungsinstitut erkundigen sollen."

„Scherzbold", knurrte Sutter und beschleunigte seine Schritte.

Auch Sheldon war der Meinung, daß ein längerer Aufenthalt in Kansas-City und der näheren Umgebung zu riskant sei, und sprach sich für den Weitermarsch nach Westen aus.

Sie brachen am nächsten Morgen früh auf und folgten dem Lauf des Missouri, der hier allerdings Kansas-River genannt wurde, wie Mae Denver behauptete. Früher oder später mußten sie dann Topeka erreichen.

Das Gelände war abwechslungsreich, aber der Wüstencharakter ließ sich nicht leugnen. Es schien lange nicht geregnet zu haben, und der Fluß führte nur wenig Wasser.

Nach drei Tagen tauchte Topeka vor ihnen auf.

Sie lagerten etwas erhöht auf einem länglichen Hügel, von dem aus die Stadt gut zu überblicken war. Sie wirkte aus der Ferne so, als habe dort ein Krieg stattgefunden. Viele Häuser, das konnte Sheldon durch sein Glas erkennen, waren nur noch Trümmerhaufen und hatten zum größten Teil auch die Straßen verschüttet. Man schien die Stadt mit schwerer Artillerie eingedeckt zu haben.

Aber wer? Und wann?

„Ob da noch welche leben?" Carlos schüttelte den Kopf. „Ich kann es mir kaum vorstellen."

Sheldon setzte das Glas ab.

„Es gibt Rauch, der von Lagerfeuern stammen wird. Es

leben also Menschen dort. Die Frage ist nur, wie sie einzustufen sind. Heute ist es schon zu spät, Nachforschungen anzustellen. Das tun wir morgen."

„Das Fleisch ist alle", sagte Sutter. „Ich gehe auf die Jagd, solange es noch hell genug ist."

„Sei vorsichtig", warnte Sheldon.

Sie verzichteten an diesem Abend nicht auf ihr Lagerfeuer, das sie allerdings so gut wie möglich durch abgeschlagene Büsche abschirmten. Drei Mann hielten Nachtwache und wurden lange vor Morgengrauen abgelöst.

Sie packten gerade ihre Sachen zusammen, um aufzubrechen, da rief Sutter vom Ausguck her:

„Laßt euch Zeit, denn wir bekommen Besuch!"

Es waren ungefähr zwanzig Reiter, die in breiter Front aus westlicher Richtung durch die Ebene auf den Hügel zuritten. Im Glas erkannte Sheldon, daß sie ausnahmslos mit Gewehren bewaffnet waren und diese vor sich im Sattel liegen hatten.

„Es wird gut sein, wenn wir einige Vorbereitungen treffen", schlug Sutter vor und deutete auf einige flache Mulden. „Wichtig ist, in Deckung zu gehen. Friedlich sehen mir die Kerle nicht gerade aus."

„Wir feuern nicht den ersten Schuß ab", erinnerte Sheldon. Er hatte sich in einer der Mulden niedergelassen, sein Gepäck bei sich. Die anderen folgten seinem Beispiel. „Wir lassen sie nahe genug herankommen, dann spreche ich mit ihnen."

„Sie reiten gegen die Sonne", bemerkte Sutter ruhig. „Kann nur von Vorteil für uns sein."

Sheldon gab keine Antwort. Er überzeugte sich mit einem Rundblick davon, daß seine Gefährten gut in Deckung lagen oder saßen, und daß sie ihre Waffen bereit hielten. Die Reiter waren inzwischen näher gekommen. Wahrscheinlich hatten sie gestern den schwachen Schein des Lagerfeuers entdecken können und wollten nun nachsehen, wer sich ihrer Stadt näherte.

Am Fuß des Hügels wuchsen vereinzelte Büsche und Krüppelbäume. Rechts fiel das Ufer zum Fluß ab. Dort gab es ebenfalls Schutz vor Kugeln. Die Männer berieten sich, dann ritten sie auseinander, als wollten sie den Hügel umzingeln. Soweit wollte Sheldon es nicht kommen lassen, weil die Verteidigung dann zu schwierig wurde.

Er richtete sich auf und hob beide Hände in die Höhe, um zu zeigen, daß er unbewaffnet war. Das Gewehr lag zu seinen Füßen.

„Wir wollen mit euch reden!" brüllte er, so laut er konnte.

Der Mann, der an der Spitze der Kavalkade geritten war und der der Anführer zu sein schien, hielt sein Pferd an und rief den anderen etwas zu, das Sheldon nicht verstand. Die Reiter hielten ebenfalls an und warteten unschlüssig. Einige luden die Waffen durch.

„Hier gibt es nicht viel zu reden!" brüllte der Anführer laut genug. Jeder auf dem Hügelrücken konnte ihn gut verstehen. „Kommt herunter, ehe unsere Laune schlechter wird."

„Wir haben nicht die Absicht, uns freiwillig in eure Gewalt zu begeben. Laßt uns in Frieden, dann werdet ihr auch keinen Ärger bekommen. Wir wollen nichts von euch."

„Das kann jeder behaupten. Wenn ihr in die Stadt wollt, müßt ihr vorher alles abliefern, was ihr bei euch habt. Vor allen Dingen eure Waffen. Ihr habt doch Waffen . . .?"

„Genug, um uns zu wehren, sollten wir angegriffen werden."

„Fein! Da wir nicht beabsichtigen, euch anzugreifen, könnt ihr sie uns ja überlassen. Dann zieht in Frieden weiter."

„Wir sind zwar friedfertig", lehnte Sheldon das Angebot ab, „aber nicht verrückt. Außerdem wollen wir nicht in die Stadt. Verschwindet also!"

Für einen Augenblick verschlug es dem Anführer der Banditen, denn um solche handelte es sich zweifelsfrei, die Sprache, dann schrie er etwas seinen Männern zu und richtete sein Gewehr auf Sheldon, der sich blitzschnell in die Mulde fallen ließ und seine Repetierbüchse ergriff. Vorsichtig schob er sie über den Lehmrand seiner Deckung.

Mehrere Kugeln sirrten über den Hügel hinweg. Der Anführer schoß besser. Sheldon spürte die Kugel fast an seinem Ohr. Trotzdem nahm er sorgfältig Ziel und drückte ab, noch ehe der Bandit repetieren konnte. Mit einem Aufschrei kippte er seitlich aus dem Sattel und blieb reglos liegen.

Wenn Sheldon gehofft hatte, die Angreifer würden ohne ihren Anführer ihr Vorhaben aufgeben, so sah er sich getäuscht. Ganz im Gegenteil: Sie griffen nun mit größerer Wut und Entschlossenheit an, allerdings wurden sie dabei zwangsläufig unvorsichtiger.

Werner Sutter erwies sich als der beste Schütze. Kein Wunder, denn fast alle seine Terra-Urlaube hatte er im ehemaligen Kanada verbracht. Mit Freunden war er dort oft auf Jagd gegangen, meist auf Ratten, die zur Plage auf den Farmen geworden waren. Und Ratten waren wesentlich schwerer zu treffen als Banditen.

„Schont die Pferde!“ rief er seinen Freunden zu. „Wir werden sie noch brauchen.“

Zum Schluß des kurzen Gefechtes waren es nur noch vier Bandien, die ihr Heil in wilder Flucht suchten. Sie ließen die Pferde ihrer gefallenen Genossen im Stich, die nur ein Stück weggaloppiert waren und nun grasten.

„Jemand verletzt?“ erkundigte sich Sheldon, während er sein Gewehr nachlud.

„Ja, ich!“ Das war Henderson, der im Schiff für Ordnung in der Messe gesorgt hatte. „Hat mir doch glatt jemand einen Scheitel gezogen. Streifschuß, nicht schlimm.“

Er wurde verbunden und mußte sich einige scherzhafte Bemerkungen über seine nun sicherlich verbesserte Gehirntätigkeit anhören.

Die vier geflohenen Banditen waren in Richtung Stadt verschwunden. Sutter und einige Männer fingen die Pferde ein, die zum Glück keine Schwierigkeiten machten. Auch die herumliegenden Waffen und die Munition waren willkommen. Dann versammelte Sheldon die Gefährten um sich.

„Wir werden Topeka meiden und umgehen. Scheint ein Räubernest zu sein. Wir halten uns südlich, da geben uns die mickrigen Wälder und Sträucher genügend Deckung. Nun haben wir Pferde und werden schneller vorankommen. Auch die Schlepperei hat ein Ende.“

„Hoffentlich können alle mit Pferden umgehen“, meldete Sutter Bedenken an.

„In einer Stunde können sie es“, versicherte Sheldon.

Es gab ein paar harmlose Stürze, dann entschied Sheldon, daß alle ziemlich sicher im Sattel saßen. Die Sonne stand fast im Zenit, und er mahnte zum Aufbruch.

Werner Sutter ritt ein Stück voraus, damit es keine

Überraschungen gab. Er führte das einzige Packpferd am Zügel. Weit im Norden lag Topeka, die Ruinenstadt der Banditen. Selbst mit dem Fernglas war dort niemand zu sehen. Der mißglückte Überfall mußte sie vorsichtig gemacht haben.

Das Gelände war ziemlich eben und wirkte kaum fruchtbar. Das würde sich wahrscheinlich bessern, wenn sie wieder in die Nähe des Flusses kamen, der nördlicher floß. Sie würden ihre Richtung entsprechend ändern, sobald die Stadt weit genug entfernt war.

Als die Abenddämmerung anbrach, lag Topeka mehr als fünfzig Kilometer hinter ihnen. Das erschien Sheldon weit genug, um so schnell keinen neuen Überfall befürchten zu müssen. Sutter ritt langsamer, damit man ihn einholen konnte.

Er deutete nach vorn.

Eine größere Farm war das einzige Anzeichen dafür, daß hier einst Menschen gelebt hatten. Erstaunlicherweise schien das Gras in der Umgebung der flachen Gebäude grüner und fruchtbarer als anderswo zu sein. Die Erklärung dafür war der breite Bach, der aus den fernen Hügeln kam und das weite Tal gebildet hatte. Das Tal selbst wurde von leichtbewaldeten Anhöhen eingeschlossen.

„Das ist kaum zu glauben“, murmelte Sheldon verunsichert. „Wie ist das möglich? Wochenlang nur Steppe und sogar Wüste, und nun auf einmal dies hier – eine regelrechte Oase. Ob das nur dem Bach zu verdanken ist? Doch wohl kaum.“

„Ich möchte nur wissen, ob sie bewohnt ist.“ Sutter nahm das Glas, das Sheldon ihm reichte. „Kaum vorstellbar, daß noch niemand das Paradies hier entdeckt hat.“

„Kein Mensch will arbeiten, und da unten gäbe es eine

Menge Arbeit, wenn jemand überleben will." Mae Denver lehnte sich an Carlos. „So eine Farm würde mir schon Spaß machen, Carl."

Er nickte.

„Mir auch – aber die Frage ist, ob man uns da in Ruhe ließe. Außerdem kann sie bewohnt sein."

„Ich glaube auch, daß sie es ist", sagte Sutter und gab Sheldon das Glas zurück. „Aus einem der Kamine kommt Rauch – ein feiner Schleier nur, kaum zu entdecken. Trockenes Holz, schätze ich."

Fred Tanger klopfte seinem Pferd beruhigend auf die Mähne.

„Worauf warten wir eigentlich noch? Sehen wir doch einmal nach, wer da unten Abendessen kocht. Vielleicht werden wir eingeladen."

Sie beschlossen, die Nacht am Talrand zu verbringen. Sheldon und Sutter würden allein einen Spähtrupp unternehmen und versuchen, Kontakt mit den Bewohnern der Farm aufzunehmen. Die beiden Männer verzichteten auf ihre Gewehre, schoben sich aber handliche Pistolen in die Tasche, um notfalls gerüstet zu sein.

Sie ritten ein Stück, ehe sie die Pferde in den Büschen zurückließen und zu Fuß weitergingen. Es dunkelte bereits, aber der Himmel war klar, und die Sterne verbreiteten genug Licht, um etwas sehen zu können.

Ein Hund schlug an, als sie dicht vor dem Hauptgebäude standen. Aus zwei Fenstern drang der Schein von Petroleumlampen oder Kerzen. Hinter den Gardinen bewegten sich Schatten. Mehr als zwei oder drei Personen konnten es nicht sein.

„Wie stellen wir es an, ohne daß die gleich auf uns ballern?" fragte Sheldon und behielt die Hand in der

Tasche. „Der Hund hat uns schon angemeldet. Da ist er ja – scheint nicht bissig zu sein."

Er hatte langes dunkles Haar und knurrte, aber er griff nicht an.

„Wir klopfen höflich an", schlug Sutter vor. „Auf dieser tristen Erde kann es ja nicht *nur* Banditen geben. Und unser Englisch ist ja ganz passabel. Keine Probleme bis jetzt. Gut, daß wir es noch auf der Akademie lernen mußten."

Sutter streichelte den Hund, der sie zum Haus begleitete.

Die schwere Eichentür war geschlossen. Rechts daneben war ein von innen beleuchtetes Fenster. Die Vorhänge waren zu dicht, um durchsehen zu können. Das Fenster links neben der Tür war dunkel.

Sheldon zögerte nur kurz, ehe er kräftig gegen die Tür klopfte.

Die Stimme eines Mannes antwortete. Sie kam von oben, vom flachen Dach. Sutter erkannte schemenhaft die Umrisse eines menschlichen Kopfes. Das Licht der Sterne wurde vom Lauf eines Gewehrs reflektiert.

„Keine hastige Bewegung, wenn ich bitten darf! Was wollt ihr und wer seid ihr?"

Sheldon blieb ganz ruhig stehen und verdaute die Überraschung.

„Wir sind auf der Wanderung nach Westen und wollten uns erkundigen, ob wir die Nacht auf dem Grund der Farm verbringen dürfen. Sie haben nichts zu befürchten."

„Ihr seid fremd hier?"

„Wir kommen aus dem Osten und sind seit Monaten unterwegs."

„Wart ihr in der Stadt, in Topeka?"

„Nein. Aber Männer von dort haben uns angegriffen."

„Und?"

„Wir konnten sie abwehren."

Einen Moment schwieg der Mann auf dem Dach, dann stellte er noch einige Fragen, ehe er etwas zugänglicher wurde.

„Also fünfzehn Personen seid ihr. Ich sehe nur zwei."

„Die anderen lagern zwei oder drei Kilometer von hier. Wir wollten nicht alle auf einmal hier erscheinen."

„Klug von euch. Ihr habt Waffen?"

„Natürlich. Sonst lebten wir schon lange nicht mehr."

Die Ehrlichkeit schien den Farmer zu überzeugen.

„Bleibt da stehen. Mein Bruder hat euch im Visier. Ich komme und öffne die Tür."

Den Bruder konnten sie nicht sehen, nicht einmal Sutter mit seinen besonders guten Augen. Der Hund hatte sich inzwischen verzogen.

Ein Riegel wurde zurückgeschoben, dann öffnete sich die Tür.

Der Mann war jung, höchstens dreißig oder fünfunddreißig. Er hielt das kurzläufige Schrotgewehr auf die beiden späten Besucher gerichtet, hielt aber Abstand.

„Die Waffen?"

„In unseren Taschen."

„Nehmt sie vorsichtig heraus und legt sie vor euch auf den Boden. Ihr bekommt sie wieder, wenn wir sicher sind, daß ihr keine Banditen seid."

Sheldon und Sutter gehorchten ohne Widerrede. Die Vorsicht des Mannes war durchaus verständlich. Er nickte ihnen zu, ihm zu folgen. Ein zweiter Mann erschien, ebenfalls mit einer Schrotflinte bewaffnet, und blickte ihnen abschätzend entgegen. Er drehte sich um und ging voran. Der erste blieb dicht hinter ihnen, nachdem er die beiden Pistolen aufgenommen und eingesteckt hatte.

In der geräumigen Wohnküche wurde Licht gemacht. Die Lampe blakte ein wenig. Das Petroleum mußte von minderer Qualität sein. Einer der Männer deutete auf die Bank, die an der Wand vor dem langen Tisch stand.

„Setzt euch, damit wir uns unterhalten können. Es ist noch jemand auf dem Dach, der jede Annäherung meldet. Auch der Hund ist wachsam."

„Er hat keinen Laut von sich gegeben", machte Sheldon ihn aufmerksam. „Wir sind unbemerkt bis zum Haus gelangt."

„Irrtum, mein Freund", sagte jemand mit dunkler Stimme von einer anderen Tür her, die sich leise geöffnet hatte. „Wir haben unsere eigenen Methoden, uns vor unliebsamen Besuchen zu schützen. Aber nun setzt euch endlich. Ihr seht nicht wie Straßenräuber aus, obwohl die Kleidung andere Schlüsse zuließe."

Der dritte Mann war älter und mit Sicherheit der Vater der beiden jüngeren. Sein Vollbart war mit grauen Strähnen durchzogen. Er kam näher und setzte sich auf einen Stuhl, den beiden „Gästen" gegenüber.

„Wir sind lange unterwegs", erklärte Sheldon den Zustand ihrer Bekleidung.

Der Alte nickte verständnisvoll.

„Ich bin Ray Martin, mir gehört die Farm. Das sind meine Söhne Jack und Harry. Meine Tochter Katrina hält Wache auf dem Dach. Und meine Frau ist schon vor Jahren gestorben. So, Ende der Vorstellung."

Sheldon gab seinerseits Auskunft, ohne die wahre Herkunft auch nur anzudeuten. Angeblich stammten sie aus dem Osten und hatten sich zusammengefunden, um weiter westlich ein neues Heim zu finden. Er vergaß nicht, die Überfälle durch Banditen zu erwähnen, und entschuldigte den späten Besuch, der – wie er zugab – fast einem Überfall glich.

Ray Martin lächelte.

„Ich bilde mir ein, eine gute Menschenkenntnis zu besitzen, darum vertraue ich Ihnen. Wir haben nichts dagegen, wenn Sie auf meinem Grund und Boden übernachten. Morgen sehen wir dann weiter. Aber vergessen Sie nicht, daß immer einer von uns wach bleibt. Auch wir haben schon Überfälle erlebt und abgeschlagen. Seit Jahren haben wir Ruhe, aber wir werden nicht leichtsinnig."

„Sie haben von uns nichts zu befürchten", versprach Sheldon.

„Wir glauben Ihnen. Jack wird Ihnen die Pistolen zurückgeben."

Er stand auf und gab seinen Söhnen einen Wink.

Sheldon und Sutter gingen zurück zu ihren Pferden. Erst als sie im Sattel saßen, meinte Sutter:

„Ich finde es merkwürdig, daß der Alte so schnell Vertrauen zu uns faßte. Sehen wir denn wirklich so ehrlich aus?"

Sheldon lachte kurz auf.

„Verglichen mit echten Banditen sicherlich, obwohl das Äußere oft täuscht. Aber ich denke, er hat in unseren Gesichtern gelesen, so wie wir in dem seinen und dem seiner Söhne. Es sind gute Leute."

Sie erreichten das Lager und berichteten.

Wie üblich wurden Wachen aufgestellt, aber deren Aufmerksamkeit richtete sich in erster Linie nordostwärts, wo weit entfernt Topeka lag.

Am anderen Vormittag ritten sie langsam und ohne jede Heimlichkeit zur Farm, stiegen ab und versorgten ihre Pferde. Der alte Ray Martin kam aus dem Hauptgebäude und ging zu ihnen. Er trug keine Waffe und begrüßte die Männer und Frauen der EX-27 wie gute Bekannte.

„Sie können gern ein paar Tage bleiben, wenn Sie wollen. Wir haben ein großes Gästehaus, noch aus früheren und besseren Zeiten. Sie können es benützen. Aber ich rate auch Ihnen, nachts eine Wache auf dem Dach zu postieren. Es ist zwar schon lange nichts passiert, aber die verdammte Stadt ist nicht zu weit entfernt. Außerdem gibt es auch nomadisierende Räuberbanden, die unverhofft auftauchen. Sie plündern und morden. Sollte also ein solcher Mob auftauchen, nehmen Sie keine Rücksicht. Aber nun sehen Sie sich erst einmal das Haus an. Haben Sie genug Lebensmittel, um ein gutes Frühstück zu bereiten?"

Sheldon versicherte, daß sie noch genügend Vorräte besäßen, was den Alten sichtlich erfreute und beruhigte. Inzwischen war auch Jack vorbeigekommen und zeigte ihnen den Stall, in dem nachts die Pferde untergebracht werden konnten. Sie auf der Weide zu lassen, war zu gefährlich.

Es hätte vielleicht Tage und Wochen gedauert, bis zwischen den Farmern und Sheldons Gruppe ein echtes Vertrauensverhältnis entstanden wäre, aber das Schicksal sorgte dafür, daß aus der anfänglichen Gastlichkeit der Martins innerhalb weniger Stunden eine gute und zuverlässige Freundschaft wurde, die der Wanderung der Schiffbrüchigen ein vorläufiges Ende bereitete.

Der offene Kamin im ehemaligen Gästehaus brannte. Holz gab es genug. In der Küche hatten Mae Denver und Katrina Martin aufgeräumt und gesellten sich zu den anderen im Wohnraum. Später erschienen auch Vater Ray und Harry. Jack stand Wache.

„Ich hoffe, daß es Ihnen hier gefällt“, begann Ray Martin ein Gespräch. „Obwohl wir sonst froh sind, niemanden zu sehen und in Ruhe gelassen zu werden, sind Sie uns willkommen. Wir leben einsam hier. Auch ohne auf die Hilfe anderer angewiesen zu sein, ernähren wir uns recht und schlecht von dem, was das Land uns bietet. Sie haben ja das Vieh im Stall gesehen. Wir pflanzen Gemüse und etwas Getreide an. Viel ist es ja nicht, aber wir brauchen nicht zu hungern. Auch sieht es so aus, als würden die Ernten allmählich besser. Vielleicht haben meine Kinder es eines Tages besser als die alte Generation.“

Das Stichwort war gefallen. Sheldon griff es gleich auf.

„Es mag Ihnen merkwürdig vorkommen, Ray Martin, wenn ich nun frage, was eigentlich geschehen ist. Bitte, warten Sie. Ich werde Ihnen später erklären, warum wir relativ unwissend erscheinen, aber das hat seine Ursachen. Tun Sie ganz so, als hätten Sie es mit jemandem zu tun, der ein halbes Jahrhundert im Winterschlaf gelegen hat und eben erst erwachte. Wollen Sie es versuchen?“

Ray wechselte einen Blick mit Katrina und Harry, dann sah er Sheldon forschend an und nickte schließlich langsam.

„Ein merkwürdiges Ansinnen, Sheldon. Aber gut, ich werde mir Mühe geben, doch bedenken Sie, daß wir ziemlich abgeschieden hier leben.“ Er zuckte die Schultern. „Wir hatten damals ein Radio und einen Fernseher, und einmal im Monat fuhren wir in die Stadt, um Einkäufe zu erledigen – das war alles. Als Jack, unser Ältester, geboren wurde, das war 2000, sah es schon schlimm aus. Der so lange vorausgesagte Treibhauseffekt hatte die Temperaturen ansteigen lassen. Der Meeresspiegel stieg an, die Küstengebiete wurden überschwemmt. Es gab unvorstellbare Wirbelstürme und Dürren, dann wieder wochenlange Regengüsse mit Überflutungen, das Klima spielte verrückt. Über Afrika und Asien wurde Antibabypulver gestreut – Satelliten besorgten das im Namen der UNO –, aber es bewirkte nicht nur die Unfruchtbarkeit der Frauen, sondern vergiftete den Boden, so daß es keine Ernten mehr gab. Die Menschen starben wie die Fliegen. – Die Industriestaaten erstickten im Müll, und das Trinkwasser wurde so giftig, daß es nicht mehr genießbar gemacht werden konnte. Die Chemie konnte der Chemie nicht mehr Herr werden. Öl floß aus den verlassenen oder versunkenen Bohrinseln. Das Zeug vergiftete die Meere, in denen alles starb. Der Sauerstoffgehalt unserer Atmosphäre verringerte sich rapide, nachdem auch die Regenwälder abgeholzt oder gestorben waren. Allein an Sauerstoffmangel starben etwa zwanzig Prozent der Menschheit. Und das alles ereignete sich innerhalb weniger Jahrzehnte.“ Ray blickte Sheldon und seine Gefährten an und schüttelte den Kopf. „Das alles sind nicht die einzigen Ursachen der Katastrophe gewesen, die unsere Welt zerstörte. Es gab auch kriegerische Auseinandersetzungen und sogar den Abwurf einiger Atombomben, die das Ausmaß der Verseuchung noch erhöhten. Zum Überfluß gab es verschiedene Unfälle in Kernreaktoren, bevor sie alle abgeschaltet wurden – viel zu spät, natürlich. Dabei war das Problem der Sonnen- und Windenergie so gut wie gelöst, aber dagegen wehrten sich Wirtschaftskonzerne und andere Interessengruppen. Sie sehen also, Sheldon, daß der Mensch alles getan hat, die Erde unbewohnbar zu machen – aber vielleicht gesundet sie wieder. Das tut sie aber nur dann, wenn der Mensch sie in Ruhe läßt – und es kann Jahrhunderte dauern. Bis dahin jedoch . . ."

Er sah seine beiden Kinder an, und seine Augen schimmerten feucht.

Sheldon räusperte sich. Ehe er jedoch etwas zu sagen vermochte, stieß Jack die Tür zum Wohnraum des Gästehauses auf und rief:

„Sie kommen! Etwa dreißig oder vierzig Kerle. Die Pferde haben sie am Waldrand zurückgelassen. Sie schieben Wagen mit Stroh und Lumpen vor sich her. Beeilt euch! Sie können in fünf Minuten hier sein."

Ray war aufgesprungen. Die Tränen in seinen Augen waren wie weggewischt.

„Ein Angriff! Nehmt die Gewehre, es geht um Leben oder Tod!"

Weitere Ratschläge waren überflüssig. Sheldons Mannschaft wußte auch ohne Befehle, was zu tun war. Ray, Katrina und Jack rannten hinüber zum Haupthaus, wo sie ihre Waffen hatten. Ein Blick aus dem Fenster verriet Sutter, daß die Angreifer nur noch wenige hundert Meter entfernt waren. Vereinzelte Schüsse fielen bereits. Sie richteten noch keinen Schaden an.

„Die Wagen . . .", sagte er zu Sheldon. „Ich glaube, sie haben vor, die Farm in Brand zu stecken. Stroh und Lumpen, wahrscheinlich mit Öl oder Petroleum getränkt. Das wird ein heißer Tanz, fürchte ich."

„Im Gegenteil, zumindest nicht für uns", korrigierte ihn Sheldon grimmig und holte den Handstrahler aus seinem Gepäck. „Ihr nehmt die üblichen Waffen, wir wollen es nicht übertreiben, sonst haben wir bald ganz Topeka auf dem Hals."

„Vielleicht halten sie es für einen Flammenwerfer", hoffte Sutter.

Sie verteilten sich. Um maximale Reichweite für den Strahler zu gewährleisten, kletterte Sheldon zu Ray und Harry auf das mit einer niedrigen Brustwehr umrundete Dach des Haupthauses. Ray warf nur einen kurzen Blick auf den Strahler und runzelte die Stirn, sagte aber nichts. Sorgfältig nahm er Ziel und schoß.

Die Angreifer waren noch dreihundert Meter entfernt und hielten an.

Ihre Absichten waren nun nicht mehr mißzuverstehen. Sie zündeten die vier primitiven Holzwagen an und begannen, sie in Richtung auf die Farmgebäude zuzurollen.

Ein mörderisches Abwehrfeuer schlug ihnen entgegen.

Sheldon wartete, bis die flammende Front bis auf etwa hundertfünfzig Meter herangekommen war, dann erst legte er den kurzen Lauf seines Strahlers auf den Rand der Brustwehr, ohne sich um die überall einschlagenden Kugeln der Gegner zu kümmern, und eröffnete das Feuer.

Der stark gebündelte Energiestrahl lag in der ersten Sekunde zu kurz. Sheldon korrigierte und traf den brennenden Wagen auf der rechten Seite. Die ungeheure Hitze der puren Energie verwandelte das Holz innerhalb einer Sekunde in glühende Asche. Die Männer, die den Wagen schoben, sprangen entsetzt zurück und brachten sich in Sicherheit, sofern sie nicht vom Abwehrfeuer der Martins getroffen wurden.

Die anderen drei Wagen stoppten abrupt. Sheldon zögerte nicht, auch sie zu vernichten, versuchte jedoch, das Leben der Banditen zu schonen.

Seine Gefährten und die Martins dachten allerdings nicht so rücksichtsvoll. Besonders der alte Ray nahm keine Rücksicht. Mit gutgezielten Schüssen und unterstützt von seinen beiden Söhnen und Katrina ließ er keinen der Angreifer entkommen.

Sheldon war über das kaltblütige Abschlachten so erschrocken und verwirrt, daß er nichts unternahm, das Blutbad zu verhindern. Erst als alles vorüber war, und erst als Ray Martin seinen fassungslosen Ausdruck bemerkte, sagte dieser nur:

„Es ist dieselbe Bande, die damals meine Frau umbrachte."

Ohne eine Antwort Sheldons abzuwarten, erhob er sich und kletterte ins Hausinnere hinab.

Stumm folgte ihm sein Sohn.

Katrina sah Sheldon bittend an.

„Sie müssen uns verstehen", sagte sie nur.

Und Sheldon nickte stumm.

Der Rest der Nacht verlief ohne weitere Zwischenfälle.

Als der Morgen graute, kehrte Fred Tanger von seinem Wachtposten auf dem Dach des Gästehauses in den Wohnraum zurück. Er half Mae bei der Zubereitung des gemeinsamen Frühstücks. Nach und nach erwachten auch die anderen.

„Nun werden wir unseren Gastgebern wohl die Wahrheit beichten müssen", befürchtete Carlos, als Mae, die neben ihm saß, ihn mit dem Ellenbogen anstieß. „Wie willst du ihnen sonst den Strahler erklären, Sheldon?"

„Ob das für die Martins eine akzeptable Erklärung sein wird, wage ich zu bezweifeln." Sheldon kaute auf seinem Stück Brot herum. Er schien keinen Hunger zu haben. „Wir begreifen ja selbst nicht, was geschehen ist, und warum. Aber du hast recht, Carl. Sie werden Fragen stellen und erwarten Antworten."

„Sie kennen jedenfalls die Anfänge der Raumfahrt,

wenn sie auch später andere Sorgen bekamen. Im übrigen habe ich das Gefühl, daß wir hier recht gut aufgehoben sind."

„Das Gefühl habe ich auch!" rief Fred Tanger dazwischen, der dauernd zur Tür sah und auf das Erscheinen von Katrina Martin zu warten schien. „Mir jedenfalls gefällt es hier."

„Wir werden ja sehen", war alles, was Sheldon dazu zu sagen hatte.

Am Vormittag begruben sie die toten Banditen und fanden einen reichlichen Vorrat an Waffen und Munition. Ray Martin zeigte sich darüber besonders erfreut und ließ seine Söhne alles Brauchbare einsammeln. Er ging Sheldon offensichtlich aus dem Weg, als fürchte er sich, ihm Fragen zu stellen. Daraufhin ergriff der Kommandant die Initiative.

Die Gelegenheit war günstig, als der Alte auf das Feld hinausging, um die bald erntereife Frucht zu begutachten. Sheldon und Carlos folgten ihm.

„Ich nehme an", begann Sheldon vorsichtig, „daß Ihnen einiges an uns seltsam erscheint, besonders nach dem Einsatz meiner Energiewaffe gestern. Ich versichere Ihnen . . ."

„Ich nehme an, Sie haben sie von den Technos. Richtig?"

„Nein, falsch! Es ist alles viel komplizierter. Vielleicht werden Sie mir kein Wort glauben, aber ich schwöre Ihnen, daß kein Wort von dem, was ich Ihnen zu sagen habe, gelogen ist. Wollen Sie also unsere Geschichte hören, Ray?"

Der Alte nickte nur und ließ sich auf einem Baumstamm nieder, der als Bank diente. Auch die beiden Männer setzten sich.

„Ich werde versuchen, Ihnen zu glauben."

„Dies ist der Planet Erde, Ray, auf dem auch meine Vorfahren und die meiner Gefährten einst lebten. Zu Beginn der Siebziger Jahre des vorigen Jahrhunderts muß etwas Unerklärliches geschehen sein. Ein Naturphänomen, das vielleicht nicht zum ersten Mal passierte, doch diesmal wurde es bemerkt. Können Sie sich vorstellen, Ray, daß es – nun, daß es zwei identische Erden gibt?"

Ray Martin blieb einige Sekunden schweigsam, ehe er sich zu einer Antwort bequemte, die ihm sichtlich schwerfiel.

„Zweimal unsere Erde? Ich kann es mir zwar nicht vorstellen, habe aber früher, als ich jung war, darüber gelesen. Phantastische Romane, wissen Sie. Ziemlich wirres Zeug manchmal. Parallelwelten und so. Ich habe das niemals ernst genommen." Er sah Sheldon plötzlich voll an. „Sie fragen doch nicht etwa, weil . . . nein, das doch nicht!"

„Genau das, Ray! Wir kommen von der anderen Erde. Doch nun hören Sie gut zu, ich werde es Ihnen von Anfang an berichten, und es handelt sich dabei *nicht* um einen Phantasieroman."

Nur ein paarmal durch Fragen unterbrochen, erzählte Sheldon die Geschichte des Fluges der EX-27. Er fand in dem alten Martin einen aufmerksamen Zuhörer, auch wenn dessen Zweifel nicht so schnell aus seinem Gesichtsausdruck verschwanden.

„Das ist die volle Wahrheit, Ray", schloß er, „und wir können sie auch durch Gegenstände, die wir gerettet haben, beweisen. Das Schiff ging leider verloren, es liegt auf dem Grund des Ozeans. Aber die Strahlwaffen und die Lebensmittelkonzentrate wurden hier auf Ihrer Welt noch nicht erfunden. So, nun wissen Sie alles. Vielleicht taucht eines Tages ein zweites Raumschiff auf, um uns zu suchen. Wir haben im anderen Universum den Anfang einer Spur hinterlassen. Sie führt hierher, zu Ihrer Farm, es sei denn, wir marschieren weiter."

Der Alte begriff und nickte.

„Ich glaube, ich verstehe, was Sie meinen. Nun, ich habe eigentlich nichts dagegen, wenn Sie bleiben, Sie wären uns eine große Hilfe, sowohl auf der Farm wie auch gegen Überfälle. Zwei oder drei solcher Denkzettel wie gestern, und wir haben unsere Ruhe."

„Sie würden uns behalten?" vergewisserte sich Carlos erfreut. „Ich verstehe etwas von Tieren und könnte mich nützlich machen. Man müßte Rinder züchten und anderes Viehzeug . . ."

Ray Martin lachte, und es klang befreit.

„Aber ja, natürlich. Vielleicht stauen wir auch einen kleinen See, damit wir schwimmen können. Und eine Viehherde wäre auch nicht so übel. Nur fürchte ich, daß wir damit erst recht Banditen und Räuber anlocken."

„Sie sollen nur kommen!" Sheldon lächelte ebenfalls und begann sich mit dem Gedanken anzufreunden, für immer hier zu bleiben – oder doch so lange, bis Rettung eintraf. „Es wird viel Arbeit geben, aber sie wird auch unser Leben erleichtern. Ich werde mit meinen Gefährten reden, Ray, aber ich bin sicher, daß wir Ihr großzügiges Angebot mit Freuden annehmen. Ja, und vielen Dank auch!"

„Von nun an soll es zwischen uns das förmliche ‚Sie' nicht mehr geben", bot Ray seinen Gästen die Freundschaft an.

Man besiegelte den Pakt mit einem kräftigen Händedruck.

6.
EX-27

Die Monate vergingen schneller, als Sheldon und alle anderen befürchtet hatten. Die Tage waren ausgefüllt mit Arbeit, und als das zweite Jahr vorbei war, hätte niemand mehr die alte Farm Martins wiedererkannt.

Nicht nur die Ernteflächen und der Garten waren vergrößert worden, sondern auch die vorher unfruchtbaren Viehweiden. Der durch das Gelände fließende Bach sorgte für eine ausreichende Bewässerung, und der ausgetrocknete Boden nahm die Flüssigkeit gierig auf. Er bedankte sich, indem er Gras wachsen ließ, wie Ray Martin es nur aus alten Berichten kannte. Er behauptete allen Ernstes, daß daran vielleicht sogar harmlose Reste der ehemaligen Radioaktivität schuld seien.

Die Verteidigung gegen Überfälle war in erster Linie durch Sheldon perfektioniert worden. Dabei half ihm die Erfahrung, die er und sie alle durch zwei weitere Versuche, die Farm zu erobern, gemacht hatten.

Wieder waren es Banden gewesen, die aus Topeka kamen. Ihnen lag wohl in erster Linie daran, Vieh zu stehlen. Besonders die Pferde hatten es ihnen angetan. Es war Sutter gelungen, ein gutes Dutzend Wildpferde einzufangen und zu zähmen. Sie eigneten sich hervorragend zur Zucht. Carlos trug die Verantwortung für den Viehbestand, eine Aufgabe, die er gern übernommen hatte.

Die Angreifer waren erfolgreich vertrieben worden. Lediglich beim zweiten Angriff hatte Sheldon Energiewaffen einsetzen müssen. Die Gegner mußten irgendwo ein ehemaliges militärisches Depot entdeckt haben. Sie kamen mit einem Panzer.

Also gab es irgendwo auch noch Treibstoff.

Als die Panzerkanone das Feuer eröffnete und ersten Schaden verursachte, gab Sheldon die Erlaubnis, die Strahler zu benützen. Der Panzer war in wenigen Sekunden erledigt. Er explodierte in einem Feuerball, der die Hälfte der Banditen tötete.

Danach herrschte für viele Monate Ruhe.

Bis eines Tages, drei Jahre nach dem Schiffbruch der EX-27, ein seltsamer Besucher auf dem Gelände der Farm erschien und ein weißes Tuch schwenkte.

Da er allein zu sein schien, wurde ihm der Zutritt gestattet.

Bevor er ins Haus gelassen wurde, mußte er sich durchsuchen lassen. Er trug keine Waffen bei sich, wohl aber einige Papiere, die man ihm zurückgab, ohne sie näher zu prüfen.

Es war Vormittag. Draußen schien die Sonne, und Ray hatte seine Söhne gebeten, auf dem Dach Wache zu halten und dafür zu sorgen, daß sich niemand unbemerkt den Gebäuden nähern konnte.

Der fremde Besucher machte keinen schlechten Eindruck, jedenfalls sah er nicht so aus wie einer der Banditen, die von Körperpflege noch nie etwas gehört zu haben schienen. Seine Kleidung wirkte fast ein wenig zu korrekt für diese Welt, auf der so ziemlich alles in die Binsen gegangen war.

„Also . . .“, begann Sheldon das Verhör, „wer sind Sie und was wollen Sie von uns? Sie sehen nicht so aus, als kämen Sie aus Topeka.“

„Das haben Sie richtig erraten. Ich würde mich hüten, nach Topeka zu gehen. Ein Räubernest, wie Sie wohl selbst erfahren haben. Eben dadurch wurden wir auf Sie aufmerksam.“

„Bitte, beantworten Sie meine Frage!"

„Mein Name ist Spencer. Dr. Harald Spencer, Physiker. Ich gehöre zu einer Gruppe, die etwa hundert Kilometer südlich von hier lebt. Ich bin beauftragt, Kontakt mit Ihnen aufzunehmen, weil wir der Meinung sind, daß Sie sich von den übrigen Bewohnern dieser Gegend wohltuend unterscheiden. Außerdem möchten wir Ihnen einen Tauschhandel vorschlagen."

„Sie gehören also zu jenen Leuten, die man ‚Technos' nennt?"

„So werden wir wohl etwas verächtlich genannt."

Sheldon lehnte sich zurück und warf Ray Martin einen warnenden Blick zu, als dieser zum Reden ansetzte.

„Nun, das ist verständlich, nach dem, was passiert ist. Obwohl man Ihnen sicherlich die Schuld der vorherigen Generation nicht in die Schuhe schieben kann."

„Danke! Es wäre schön, wenn auch andere so denken würden. In der Tat sind wir nicht für das verantwortlich, was geschah. Aber auch die ältere Generation – viele der damaligen Wissenschaftler leben noch bei uns und an anderen Orten – hat nicht die alleinige Schuld. Ich würde sie eher den Politikern geben. Die Hauptursache der Katastrophe jedoch ist wohl in der Bequemlichkeit einer überspitzten Zivilisation zu suchen, die sich in übertriebenem Warenkonsum äußerte, der wiederum eine Folge wirtschaftlicher Interessenkämpfe war."

Sheldon nickte. Spencer bestätigte nur seine eigenen Vermutungen.

„Die Ursachen sind mir klar, aber wie konnte das alles so schnell geschehen? Eine eingreifende Klimaveränderung – man sollte meinen, das müßte Jahrhunderte dauern, nicht nur ein paar Jahrzehnte. Gibt es dafür eine Erklärung?"

„Keine befriedigende. Wir nehmen an, daß der Beginn des Unheils weiter zurück liegt, als wir bisher vermuteten. Es muß bereits Ende des 19. Jahrhunderts angefangen haben, nur hat es noch niemand bemerkt oder gar ernst genommen. Und als es dann bemerkt wurde, war es zu spät. Es gab kein Zurück mehr, und genau das wäre die einzige Möglichkeit zur Rettung gewesen. Aber wer möchte schon auf allen Luxus verzichten, den ihm die Zivilisation bietet?"

„Ich glaube", sagte Sheldon, „daß wir uns später noch über dieses Thema unterhalten können. Sie sind Wissenschaftler, und Sie werden manches vielleicht verstehen, was ein normal Gebildeter als Unsinn weit von sich weisen würde. Doch bleiben wir vorerst beim Zweck Ihres Besuchs. Sie wollten uns etwas vorschlagen. Was ist das?"

Dr. Spencer nahm einen Schluck des selbstgebrauten Bieres und wischte sich den Schaum mit dem Handrükken vom Mund.

„Tauschgeschäfte. Sie haben Rinder, mehr als Sie benötigen. Unsere Informationen besagen, daß auf dieser Farm knapp zwanzig Personen leben. Also haben Sie mehr Fleisch, als Sie für sich selbst benötigen."

„Wie haben Sie denn bisher existieren können?"

Dr. Spencer erlaubte sich ein feines Lächeln.

„Nun, wir profitieren noch immer von der verteufelten Zivilisation und ihren Produkten. Und vom zum Glück verschwundenen Militär. Kurz gesagt: Hundert Kilometer südlich von hier gab es einen geheimen militärischen Stützpunkt, wahrscheinlich so eine Art ‚letzte Zuflucht' für das Oberkommando und Politiker ersten Grades. Entsprechend war dieser Stützpunkt eingerichtet. Atomsicher tief unter der Erdoberfläche und mit allem versehen, was zu einem isolierten Dasein über Jahrzehnte hinweg notwendig ist. Es ist, um es lapidar auszudrükken, eine Stadt unter der Erde."

„Unglaubliche Schweinerei!" war alles, was Ray Martin dazu sagte.

„Ich stimme Ihnen zu", griff Spencer den Faden auf, „es war in der Tat eine Schweinerei, aber heute profitiert unsere Gruppe davon. Wir waren nur wenige, als wir die Überlebensanlage entdeckten. Sie war unbegreiflicherweise verlassen, abgesehen von einem kleinen Wachkommando, das sich uns anschloß. Mit der Zeit stießen dann Männer und Frauen zu uns, meist Wissenschaftler wie wir, aber auch andere Intellektuelle. Das ergab sich ganz von selbst, ohne daß wir versucht hätten, Auslese zu praktizieren."

„Verstehe." Sheldon sah Spencer an. „Und was würden Sie zum Tausch gegen Frischfleisch anzubieten haben? Geld gibt es ja wohl nicht mehr."

„Sie leben nicht ungefährlich hier, also versorgen wir Sie mit modernen Waffen – aber wir wissen, daß auch Sie solche besitzen, sogar noch modernere als wir. Und konservierte Lebensmittel sind noch in jeder Menge vorhanden. Wenn Ihre Frauen mal keine Lust zum Kochen haben, werden sie für Konserven dankbar sein. Umgekehrt sehnen wir uns nach frischem Fleisch und frischem Gemüse. Sie sehen also, daß wir uns gut gegenseitig helfen können."

„Da ist nur ein Haken an der Sache", stellte Sheldon fest, und in seiner Stimme schwang Bedauern mit. „Hundert Kilometer sind eine verdammt weite Strecke. Sind Sie zu Fuß gekommen?"

Spencer mußte über eine solche Zumutung lachen und erklärte, daß er mit einem kleinen Hubschrauber gekommen war, der in einiger Entfernung zwischen den Hügeln auf ihn warte. Der Helikopter gehörte zu den vielen Dingen, die sie im Depot des Stützpunkts gefunden hatten. Der unterirdisch gelagerte Sprit würde noch für Jahrzehnte reichen, wenn man sparsam damit umging.

„Wir könnten einen Jeep brauchen“, deutete Werner Sutter an, der erst später herbeigekommen war. „Gibt es so etwas?“

„Kein Problem.“ Spencer grinste belustigt. „Wäre doch auch ein gutes Tauschangebot, nicht wahr?«

Nun wurde Fred Tanger plötzlich lebendig.

„Ersatzteile!“ stieß er aufgeregt hervor. „Elektronische Einrichtungen muß es doch bei Ihnen auch geben. Um sie in Betrieb zu halten, werden Ersatzteile benötigt. Ich denke an Funktechnik.“

„Alles vorhanden, mein Freund. Ein Transistor im Tausch gegen einen Kohlkopf – was sagen Sie dazu?“

Das Gespräch wurde zwangloser und lockerer. Sheldon bot Spencer an, nachdem dieser Tanger sein Funkgerät gezeigt hatte, das so winzig war, daß man es bei der Durchsuchung nicht gefunden hatte, den Piloten mit dem Helikopter zur Farm kommen zu lassen.

Für die Begriffe der Explorer war der Hubschrauber im Vergleich zu den gewohnten Antigrav-Gleitern ein vorsintflutliches Fortbewegungsmittel, aber das würde der angebotene Jeep auch sein. Der Pilot zeigte sich höchst erfreut über die neuen Bekannten und Verbündeten und sprach die Hoffnung aus, daß man sich in Zukunft öfter treffen würde.

Die unverhofften Besucher blieben den ganzen Tag. Man besprach Einzelheiten des „Handelsabkommens“, und der Schwede Henderson sollte mit dem Hubschrauber zum Stützpunkt der Technos zurückfliegen, um den Jeep und Treibstoff zu holen. Sutter wollte ihn begleiten.

Später am Nachmittag nahm Sheldon Dr. Spencer beiseite und begann ihm die Wahrheit zu berichten. Er stieß zuerst auf Unglauben, aber seine Schilderung war derart eindringlich und ohne Widerspruch, daß Spencers Gesicht immer ernster und nachdenklicher wurde. Als Sheldon fertig war, ließ sich der Physiker auf demselben Baumstamm nieder, auf dem auch Martin gesessen hatte, als er von dem Schicksal der EX-27 erfuhr. Er schwieg lange, und als er endlich Sheldon ansah, war in seinen Augen ein feuchtes Schimmern.

„Das also hätte aus unserer Welt werden können! Raumfahrt, Kontakt mit außerirdischen Intelligenzen, eine nicht selbstmörderische technische Zivilisation ohne völkermordende Kriege auf der Erde – es ist unfaßbar. Sie haben recht: Es muß eine Abspaltung gegeben haben, eine Unregelmäßigkeit im Raum-Zeitgefüge – wer weiß was noch. Eine gewisse Zeitlang müssen Menschen doppelt existiert haben – ein nicht begreifbares Phänomen. Aber wenn wir das auch alles akzeptieren, bleiben doch noch hundert Fragen offen, Sheldon. Ihre Welt ist von dieser Tausende von Lichtjahren entfernt. Es hat demnach also auch eine räumliche Abspaltung gegeben. Und eine temporale, wie die unterschiedlichen Jahreszahlen vermuten lassen."

Sheldon war innerlich froh, daß das Unglaubliche von seinem Gesprächspartner als Wahrscheinlichkeit anerkannt wurde. Das würde ihre geplante Zusammenarbeit erheblich erleichtern, und Geheimnistuerei wurde überflüssig.

„Sie werden also nicht erschrecken, Dr. Spencer, wenn eines Tages, was ja nicht unwahrscheinlich ist, ein für

Ihre Begriffe riesengroßes Raumschiff hier am Himmel auftaucht? Es wäre dann eine Kugel mit einem Durchmesser von sechzig Metern."

„Sechzig Meter . . .?" Nun war Spencer doch überrascht. „Wie ist es möglich, ein derartiges Gewicht in die Höhe zu bringen? Ich kann mir das nicht vorstellen. Es ist unmöglich . . ."

„Nichts ist unmöglich, Dr. Spencer. Aber wenn es Sie interessiert, werde ich es Ihnen bei Gelegenheit zu erklären versuchen. Vielleicht wird so ein Gespräch die Keimzelle für eine spätere Raumfahrt dieser Erde. Wäre doch denkbar, oder?"

„Es wäre ein Paradoxon, Sheldon."

„Nein, denn ich bin hier nicht in *meiner* Vergangenheit, also kann ich auch nicht die Gegenwart von Terra verändern. Was hier passiert, hat mit meiner Welt nichts zu tun."

Spencer nickte zustimmend.

Sie unterhielten sich noch eine Weile, stellten sich gegenseitig Fragen und versuchten, sie zu beantworten. Als sie schließlich den kurzen Heimweg zur Farm antraten, gab es zwischen ihnen keine Geheimnisse mehr.

Noch am selben Abend traten Spencer, der Pilot, Werner Sutter und Fred Tanger den Rückflug zum Stützpunkt der Technos an.

Der Jeep erreichte zwei Tage später die Farm. Auf dem Anhänger stapelten sich Kisten und Fässer. Tanger lud sich eine der Kisten auf den Rücken und schleppte sie ins Haus. Er ging so behutsam mit ihr um, als enthalte sie empfindlichen Sprengstoff.

„Mit dem Zeug baue ich glatt einen Hypersender

zusammen", versicherte er optimistisch, als man auf sein ungewohntes Benehmen aufmerksam wurde.

Sutter berichtete:

„Natürlich war es mehr ein zugewachsener Feldweg, aber mit dem Jeep trotz Anhänger kein Problem. Einmal wurden wir von drei Reitern verfolgt, konnten sie aber abhängen. Das Gebiet zwischen hier und den Technos ist so gut wie menschenleer. Ein paar Farmen sahen wir, wissen aber nicht, ob sie bewohnt sind. Sie wirkten verfallen, und Vieh konnten wir auch nicht entdecken. Und was nun diesen Stützpunkt angeht, Freunde – ihr würdet staunen. Und die haben wirklich alles, was man sich vorstellen kann. Sogar ein Silo mit Feststoffraketen ist vorhanden, aber der Zugang zu diesen Dingern ist glücklicherweise versiegelt worden. Zur Verteidigung gegen eventuelle Angriffe sind genügend andere Waffen vorhanden. Wir haben ein Maschinengewehr mitgebracht; man kann ja nie wissen, wer uns wieder einen Besuch abstattet."

„Und was sonst noch?" wurde er gefragt.

„In den Kisten sind Konserven aller Art, ewig haltbar. Es klingt ja verrückt und paradox, aber für uns bedeuten sie eine Abwechslung im Speiseplan. So wie für die Technos unsere Produkte. Ich muß in ein, zwei Tagen wieder zu ihnen, mit zwei der versprochenen Rinder und Gemüse. Mehr kann ich nicht transportieren. Man will uns noch einen LKW zur Verfügung stellen."

„Wie viele Technos leben dort?" wollte Sheldon wissen.

„Ich habe vergessen zu fragen, aber ich schätze so um die hundert vielleicht. Frauen und Männer. Sie haben sogar einen Kindergarten und eine Schule eingerichtet. Eine kleine Welt für sich ist das."

„So wie wir auch."

Das Verstauen der Ladung ging schnell. Tanger hatte sich in sein Zimmer zurückgezogen, das ihm auch als Werkstatt diente. Fast andächtig packte er seine mitgebrachten Schätze aus und sortierte sie. Seine Bemerkung, er könne einen Hypersender damit konstruieren, war natürlich als Scherz gemeint, aber völlig unmöglich würde es trotzdem nicht sein. Aber selbst wenn es gelang, war ein Kontakt mit Terra unwahrscheinlich, denn die beiden Welten existierten in zwei verschiedenen Dimensionen, deren Grenzen auch mit Hyperfunk nicht durchbrochen werden konnten.

Aber ein Versuch würde nicht schaden.

Einen Ehevertrag zwischen Mae Denver und Carlos zu schließen, bedeutete keine besondere Schwierigkeit, aber Katrina Martin zeigte sich befremdet und sogar ein wenig entrüstet, als ihr Fred Tanger den entsprechenden Antrag machte. Was sie wollte und immer gewollt hatte, war eine richtige Trauung und eine Ehe auf Lebenszeit.

Schließlich erklärte sich Fred auch damit einverstanden. Wenn wirklich ein Schiff von Terra auftauchte, würde er Katrina einfach mitnehmen. Sheldon spielte seine Rolle ausgezeichnet und traute die beiden. Ganz im alten Stil.

Zwei weitere Eheverträge zwischen vier Besatzungsangehörigen der EX-27 wurden ebenfalls geschlossen. Sie konnten nach fünf Jahren erneuert werden, wenn die Partner damit einverstanden waren.

Ray Martin, inzwischen in den „Ruhestand“ getreten, nahm Sheldon nach den Zeremonien beiseite.

„Ich gebe ja zu, daß ihr auf der anderen Erde es geschafft habt, der Katastrophe zu entgehen, aber eure Sitten scheinen mir doch ein wenig seltsam zu sein.

Ehevertrag – na, so was! Hört sich an wie ein Viehhandel."

Sheldon erklärte ihm, daß sich solche Verträge bestens bewährt hätten und umständliche Scheidungen überflüssig machten. Mit Widerstreben sah der Alte das schließlich ein; ändern konnte er es sowieso nicht.

Ein Jahr später gab es die ersten Geburten, und Ray Martin wurde Großvater. Er war so stolz, als wäre das sein Verdienst. Es war ein Jahr ohne Überfälle gewesen und ein Jahr guter Ernten. Der Viehbestand hatte sich vermehrt, und der Tauschhandel mit den Technos brachte beiden Seiten erhebliche Vorteile.

Fred Tanger war es gelungen, das defekte Funkgerät zu reparieren. Im Hof der Farm spannte sich der Dipol von einem Hausgipfel zum anderen. Mehrmals bekam er Kontakt mit anderen Stationen, ohne den eigenen Standort zu verraten.

Ein Gerät für Hyperfunk zu konstruieren, gelang ihm jedoch vorerst nicht. Dazu fehlten einige wichtige Teile, die auf dieser Welt noch nicht erfunden oder hergestellt waren.

Immerhin stellte das Funkgerät eine Verbindung mit Überlebenden der Katastrophe her, bei der Anonymität gewahrt werden konnte. Und man erfuhr von den Veränderungen, die sich auf der Erde anzubahnen schienen. Der Rest der Menschheit begann sich zu organisieren, aber nicht nur im positiven Sinn. Man organisierte sich, um sich besser bekämpfen zu können. Man hatte nichts gelernt.

Nach einem Kurzkontakt schaltete Fred Tanger das Gerät ab. Trotz des kleinen Generators im Bach mußte Strom gespart werden.

Er verließ sein Zimmer und fand Sheldon draußen beim

Holzstoß. Sauber aufgestapelt schützte der Brennvorrat für den Winter die Außenwand des Hauses vor Wind und Wetter.

„Ich muß mit dir reden, Sheldon."

„Nur zu, Fred. Setz dich auf den Hauklotz." Er suchte sich ebenfalls einen Sitzplatz. „Wieder gefunkt, was?"

„Nein, nur gehorcht. Senden ist zu gefährlich geworden. Die Banden, die Anti-Technos, sind ihrem Prinzip untreu geworden und wenden nun genau jene Methoden an, die sie so verdammt und bekämpft haben: die Technik."

Sheldon bekam plötzlich ganz schmale Augen.

„Willst du damit andeuten . . .?"

„Ja, Sheldon. Einfache Funkgeräte haben sie schon immer benutzt, wenn sie welche fanden. Aber nun sind sie auch dabei, andere Stationen anzupeilen, um deren Standort herauszufinden. Das ist der Grund, warum ich kaum noch sende. Ich hatte kurzen Kontakt mit unseren Freunden im Techno-Stützpunkt. Spencer war am anderen Ende. Er faßte sich sehr kurz, was ich bald verstehen sollte. Eine große Bande, fast schon eine kleine Armee, bereitet sich zum Sturm auf das Quartier der Technos vor. Spencer meint, man würde die Angreifer zurückschlagen können, aber er befürchtet Verluste. Die Banden sind inzwischen jedenfalls gut und relativ modern bewaffnet. Ich fürchte, wir müssen vorerst unsere Besuche bei den Technos unterlassen, und umgekehrt werden die sich kaum noch bei uns sehen lassen. Es sei denn, wir unternehmen etwas."

Sheldon sah auf. Auf seiner Stirn zeigten sich ernste Falten.

„Was sollen wir unternehmen? Wir würden uns dadurch nur verraten."

„Eine so zahlenmäßig starke Verbrecherorganisation wird uns ohnehin eines Tages finden. Da ist es besser, dieser Gefahr rechtzeitig zu begegnen, und gemeinsam mit den Technos sollte es uns doch gelingen, dem Spuk ein für allemal ein Ende zu bereiten."

„Ob die Banden von Topeka beteiligt sind?"

„Einige vielleicht, aber ansonsten ist es in der Stadt relativ ruhig geworden. Es gibt noch immer Überfälle, aber auch gewisse Ordnungskräfte haben sich organisiert."

„Wenn wir den Technos helfen, ist die Farm ohne ausreichenden Schutz."

Fred Tanger lächelte.

„O nein, Sheldon. Um den Technos zu helfen, benötigen wir nur den LKW und zwei oder drei Impulsstrahler. Wir verstärken Aufbau und Fahrerhaus mit Stahlplatten zum Schutz gegen Kugeln. Wenn die Technos gut kooperieren, können wir die Banditen in die Zange nehmen und erledigen. Es sei denn, sie geben klein bei."

„Hm . . ." Sheldon kaute auf der Unterlippe, ein Zeichen dafür, daß er angestrengt nachdachte. „Klingt nicht übel. Wirst du Spencer informieren?"

„Ich möchte, aber ich weiß nicht, ob der Gegner dann auch informiert wird. Vielleicht funke ich die Technos erst dann an, wenn wir dort sind und die Bande zwischen uns und dem Stützpunkt steht. Schließlich muß Spencer gewarnt werden, sonst geraten wir in das Abwehrfeuer unserer Verbündeten. Wie du siehst, haben wir eine richtige militärische Operation vor uns."

„Genau das, was wir absolut nicht wollten."

„Das stimmt leider, aber auf der anderen Seite können wir nicht zulassen, daß unser friedliches Leben bedroht wird. Wer weiß, wie viele Jahre wir hier noch auf eine

Rettung warten müssen, falls es eine solche überhaupt jemals gibt."

Sheldon mußte Tanger recht geben und stimmte seinem Plan zu.

„Vielleicht kannst du Sendungen der Bande auffangen, damit wir wissen, wieviel Zeit wir haben. Bis zum Einsatzort schaffen wir es in ein paar Stunden. Ich werde die anderen inzwischen informieren. Übrigens: Wer sollte mit von der Partie sein? Vergiß nicht, daß wir die Farm nicht ohne Schutz zurücklassen dürfen."

Tanger überlegte nicht lange:

„Carlos würde ich für die Verteidigung hier vorschlagen. Mit dem gepanzerten LKW und drei Handstrahlern sollten du, Sutter und ich sich auf den Weg machen. Einverstanden?"

„Mit drei Figuren gegen eine Armee . . .? Das kann ja heiter werden!"

Fred Tanger erhob sich und lächelte.

„Nicht für die Banditen", hoffte er und kehrte in sein Zimmer zurück, um erneut in den Äther zu lauschen, wie er es nannte.

Der LKW war nach drei Tagen anstrengender Arbeit fertig zum Einsatz. Ein ausgedienter Maschinenpflug und zwei alte Traktoren lieferten starke Stahlplatten, die mit den Metallflächen des LKW verschweißt wurden. Auf jeder Seite des Aufbaus gab es schmale Schlitze, durch die der Lauf eines Strahlers genau paßte. Durch stärkere Bündelung ließ sich eine weitaus größere Reichweite als normal erreichen.

Gemeinsam mit Henderson organisierte Carlos die Verteidigung der Farm, falls diese inzwischen angegriffen werden sollte.

Fred Tanger verbrachte jeden Tag Stunden vor seinen Funkgeräten. Auf allen möglichen Frequenzen gab es Stationen, die Kontakt miteinander hielten. Meist handelte es sich um harmlose Amateurfunker, die Erfahrungen und Neuigkeiten austauschten.

Auch Spencer meldete sich einmal kurz. Tanger nahm Verbindung mit ihm auf und teilte ihm reichlich verschlüsselt mit, daß man von nun an zu jedem beliebigen Zeitpunkt bereit sei, ihm und seinen Freunden auf eine Einladung hin einen Besuch abzustatten. Spencer bedankte sich und schloß mit „Verstanden".

Dann gelang es ihm, einige Sendungen der Banditenarmee aufzufangen, die sich als sehr nützlich erwiesen. Die Kerle benahmen sich so, als könnte niemand mithören, was gesprochen wurde.

So erfuhr Tanger, daß der Angriff auf den Stützpunkt der Technos kurz bevorstand. Man wartete nur noch auf eine weitere Bande, die sich noch im Anmarsch befand. Insgesamt ließ sich errechnen, daß die feindliche Streitmacht ungefähr dreihundert Mann stark war.

Über die Bewaffnung erfuhr Tanger nicht viel. Mehrmals wurde ein Geschütz erwähnt, aber damit ließ sich kaum eine unterirdische Anlage zerstören. Immerhin waren die Technos gezwungen, an die Oberfläche zu kommen, wenn sie sich verteidigen wollten. Das mochte der schwache Punkt ihrer Verteidigung sein, denn die ursprünglichen computergesteuerten Abwehreinrichtungen würden kaum noch in Funktion sein.

Tanger hätte Spencer gern einige diesbezügliche Fragen gestellt, aber das wagte er dann doch nicht. Er hätte früher daran denken sollen, warf er sich verbittert vor. Nun war es zu spät.

Von nun an ließ er den Empfänger permanent eingeschaltet. Die mit Spencer vereinbarte Frequenz lag von der der Banditen weit entfernt.

Der gepanzerte LKW wartete in der Scheune. Der Tank war gefüllt, und Reservekanister wurden für die beabsichtigte Strecke und die Rückfahrt nicht benötigt. Wenn das vereinbarte Signal eintraf, konnten sie fünf Minuten später unterwegs sein.

Eine Vorwarnung kam nicht von den Technos, sondern von den Banditen selbst. Deren erwartete Vestärkung verriet sich durch mehrere Funksprüche. Aber es dauerte immerhin noch zwei Tage, ehe Spencer seine „Einladung“ durch die Antenne schickte. Tanger gab sein OK zurück und informierte Sheldon. Wenige Minuten später öffnete sich das Scheunentor, und der LKW rollte ins Freie.

Sutter lenkte das schwere Fahrzeug über den Feldweg zur „Hauptstraße“ und hoffte, daß die verstärkten Federn und Achsen hielten.

Bald lag die Farm hinter ihnen und verschwand hinter einer Bodenwelle.

Es war später Vormittag, und die Sonne stand schon hoch am Himmel und trocknete das Land aus. In der vergangenen Nacht hatte es geregnet, aber jede Feuchtigkeit war bereits verschwunden, sonst wäre die Fahrt nicht so glatt verlaufen. Immerhin schaffte das schwere Fahrzeug fast dreißig Kilometer in der Stunde.

Sheldon fuhr, Sutter saß neben ihm. Fred Tanger hockte auf der gepanzerten Ladefläche zwischen Kisten und mehreren Ersatzreifen, die lebenswichtig sein konnten. Sein Funkgerät war ständig eingeschaltet, und so wurde es möglich, daß er die Anfangsphase des Bandenangriffs auf die Technos akustisch miterlebte.

Der Stützpunkt lag in einem Gelände, das, von sanften

Bodenwellen umgeben, nur wenig natürlichen Schutz bot. Aber er befand sich tief unter der Oberfläche, von meterdickem Beton bedeckt und durch stählerne Türen abgeschirmt.

Zum Chef der Verteidigung hatten die Technos den ehemaligen General Walker bestimmt, der sichtlich befriedigt zur Kenntnis nahm, endlich einmal unentbehrlich zu sein.

Walker hatte rund um die Anlage gutbewaffnete Außenposten anlegen lassen, die sich im Notfall einigermaßen gedeckt durch Gräben in Sicherheit bringen konnten. Sie standen mit der unterirdischen Festung durch Feldtelefon in Verbindung, da Funk zu verräterisch sein konnte.

Die erste Angriffswelle blieb im Abwehrfeuer der Außenposten stecken, aber die Banditen hatten sich auch darauf vorbereitet. Mit erstaunlicher Schnelligkeit gruben sie sich ein, um vor den Garben der Maschinengewehre geschützt zu sein. General Walker fluchte und ärgerte sich, nicht an einen Granatwerfer gedacht zu haben.

Immerhin: Der erste Angriff war gestoppt worden.

Spencer saß tief unter der Erde vor seinen Funkgeräten. Zwei hatte er auf die beiden Frequenzen der Angreifer abgestimmt, das dritte auf die Fred Tangers. Als er vom Stand der Dinge an der Oberfläche erfuhr, schickte er das vereinbarte Rufsignal aus und wartete.

Tanger meldete sich, wie abgesprochen, in deutscher Sprache.

„Wie sieht es aus, Doktor? Sie können ruhig reden, Deutsch verstehen die Brüder bestimmt nicht, außerdem weiß niemand, wo und wer wir sind.“

„Pattsituation hier. Aber die Kerle werden sich schon was einfallen lassen. Wann kann der Zauber beginnen?“

Tanger wußte, was Spencer meinte. Gebündelte Energiestrahlen konnten auf dieser Erde ruhigen Gewissens als „Zauber“ tituliert werden.

„Eine Stunde und dreißig Minuten. Aber nehmt uns nicht unter Feuer. Wir sehen recht abenteuerlich aus. Ihr werdet die alte Mühle kaum wiedererkennen.“

„Kann ich mir denken. Beeilt euch, bitte!“

Tanger nickte, auch wenn der andere es nicht sehen konnte, blieb aber auf Empfang. Durch die Öffnung zum Führerhaus informierte er Sheldon und Sutter.

Inzwischen hatte die Sonne ihren Höchststand überschritten, aber die Hitze hatte kaum nachgelassen. Die „Straße“ führte durch vertrocknete Steppe, aber hin und wieder auch durch zögernd wachsenden Jungwald mit verkrüppelten Bäumen. Die Welt begann sich zu erholen, aber es würde noch Jahrzehnte dauern, bis die Natur die durch den Menschen verursachten Schäden beseitigt hatte.

Eine Stunde später wurden weiter vorn die sanften Hügel sichtbar, hinter denen die Anlage der Technos verborgen war. Da auch der Wind aus dieser Richtung kam, würde sie das Motorengeräusch des LKW kaum verraten. Auf der anderen Seite war es Tanger möglich, bereits vereinzelt Gewehrfeuer zu hören.

„Nicht mehr lange, dann bemerken sie uns“, meinte Sheldon vom Steuer her. „Wir hätten das Führerhaus noch kugelsicherer machen sollen. Die Frontscheibe ist die Schwachstelle.“

„Notfalls fahren wir einfach rückwärts“, witzelte Sutter.

Tanger rief Spencer.

„Wie sieht es aus? Wir nähern uns der Etappe."

„Gut. Sobald ihr zaubert, eröffnen wir den Gegenangriff."

„Alles klar."

Der LKW erklomm den Hügel, hinter dem, wie Sheldon wußte, ein flacher Talkessel lag. Seine Vermutung stimmte. Einigermaßen in Deckung Richtung Technos lagerte hier die Hauptmacht der Banditen.

Sheldon hielt im Schutz einer Baumgruppe an. Man schien den LKW noch nicht entdeckt zu haben. Sutter kam nach hinten zu Tanger. Er überprüfte das schwenkbare MG und lud durch. Der Patronengurt war durch das Rütteln durcheinandergeraten. Er wurde neu gelegt, damit es keine Ladehemmung geben konnte.

„Wenn wir nahe genug heran sind, nehmen wir die Strahler."

Tanger nickte.

„Ich fürchte, sie bemerken uns zu früh. Dann hat der ganze Feuerzauber wenig Wirkung."

„Dafür wird die moralische Wirkung ungeheuer sein", sagte Sutter und grinste. „Sie werden laufen wie die Hasen. Wenn sie klug sind."

„Ich hoffe es, Werner. Es sind ja nicht nur Banditen und Verbrecher, sondern auch viele Menschen, die einfach verbittert sind und den Technos alle Schuld an dem, was geschehen ist, in die Schuhe schieben. Besonders den Wissenschaftlern."

„Es liegt an ihnen, ob sie mit heiler Haut davonkommen", stellte Sutter nüchtern fest. „Und ich sage dir eines: Zuviel Rücksicht von unserer Seite aus kann falsch verstanden werden." Er wandte sich Sheldon zu, der unschlüssig wartete. „Und nun gib Gas und fahre, was die Mühle hergibt. Wir müssen so schnell und so nahe wie möglich an sie herankommen. Wenn es brenzlig wird, drehe den Wagen um. Dann kann nicht viel passieren, es sei denn, sie schießen mit einer Kanone."

Die Straße führte leicht bergab, in das flache Tal hinein. Die Böschung rechts und links war mit Unkraut bewachsen und gab ein wenig Deckung, dann jedoch wurde das Gelände frei.

Das Lager der Banden war in diesem Augenblick nur noch fünfhundert Meter entfernt. Sheldon fuhr unbeirrt weiter, genau darauf zu.

Sutter wartete hinter dem Maschinengewehr.

Nun endlich entdeckten vereinzelte Vorposten den LKW. Sie gaben sofort Alarm, indem sie ihre Gewehre abschossen. Rein instinktiv sahen sie in dem Fahrzeug einen Gegner.

Sutter eröffnete das Gegenfeuer.

Tanger nahm Kontakt mit Spencer auf.

„Feindberührung, Doktor. Wie sieht es bei Ihnen aus?"

„Walker unternimmt einen Ausfall, damit haben wir die Burschen zwischen zwei Feuern."

„Schießt uns nicht zusammen", bat Tanger und griff nach seinem Strahler, als der LKW anhielt und wendete. Sheldon stellte den Motor ab. Er kam nach hinten.

„Knapp zweihundert Meter – das dürfte genügen."

Gewehrkugeln pfiffen über den Aufbau hinweg. Dutzende von Geschossen prallten von der starken Stahlplatte am hinteren Ende des Wagens ab und sirrten als Querschläger in alle Richtungen davon. Sutter hielt die Bande mit seinen Salven in Deckung, aber die Banditen fanden immer wieder natürliche Gräben oder Felsen, die ihnen Schutz boten, während sie sich langsam auf den unverhofft aufgetauchten Gegner vorarbeiteten.

„Feuerwerk!" befahl Sheldon.

Die einem Laser nicht unähnlichen Energiestrahlen verwandelten die schützenden Sandhügel in eine flüssige, glasige Masse, die schnell wieder erstarrte. Einige der Banditen brachten sich nicht schnell genug in Deckung und mußten es büßen. Die anderen wandten sich entsetzt zur Flucht, um aber dann Walker und seinen Leuten zu begegnen.

Die Lage der Angreifer schien hoffnungslos zu sein, aber so schnell gaben sie ihre Absicht nicht auf. Als das unheimliche Fahrzeug mit der rätselhaften Waffe sich nun wieder in ihre Richtung in Bewegung setzte, blieb ihnen nur noch die Flucht nach vorn, also dem Stützpunkt der Technos zu.

Es wäre Walker leichtgefallen, einen normalen Angriff abzuschlagen, aber die Angreifer waren verzweifelt und sahen keinen anderen Ausweg. Der Feuerwagen war hinter ihnen her.

Walker und seine Männer mußten schließlich der erdrückenden Übermacht weichen und konnten sich mit Mühe und Not durch die Stahltüren in Sicherheit bringen. Nun lag alles bei Sheldon, Sutter und Tanger.

Der einzige Vorteil der neuen Situation war der Umstand, daß nun nicht mehr die Gefahr bestand, versehentlich die Technos unter Feuer zu nehmen. Die befanden sich in Sicherheit, wenn sie auch nichts mehr zu ihrer Verteidigung tun konnten.

Sheldon lenkte den LKW durch einen Kugelhagel, aber die auf der Flucht befindlichen Banditen schossen schlecht und zu hastig. Das Kreuzfeuer der beiden Strahler von Sutter und Tanger trieb sie so schnell zurück, daß ihnen kaum Zeit zum Nachladen der Waffen blieb.

Sheldon hielt an, als sich die Fliehenden verteilten und

ihr Heil in planloser Flucht suchten. Es hatte wenig Sinn, sie weiter zu verfolgen. Die Lehre, die sie erhalten hatten, würde vorerst genügen und sie von weiteren Unternehmungen dieser Art abhalten.

Tanger rief Spencer, der sofort antwortete.

„Ich glaube, sie haben genug, Doktor."

„Tut mir leid, daß Walker sich zurückziehen mußte. Ihr habt die Banditen mit eurem Feuerwerk regelrecht in ihn und seine Leute hineingetrieben. Er kommt wieder heraus und nimmt die Verfolgung auf."

„Soll er sie nur weit genug jagen, dann kommen sie nie mehr zurück. Braucht ihr uns noch?"

„Zumindest wäre eine Ruhepause angebracht", lachte Spencer. „Fahrt bis zu den Eingängen. Ich glaube, einige Leute möchten euch für eure Hilfe danken."

Sheldon setzte den LKW wieder in Bewegung. Er konnte sehen, wie ein Trupp von etwa dreißig Männern den fliehenden Banditen folgte und sie in südliche Richtung trieb. Zurück blieben mehr als ein Dutzend Holzfahrzeuge und jede Menge Pferde, dazu fortgeworfene Waffen, Munition – und tatsächlich ein altes Geschütz, das nicht zum Einsatz gekommen war.

Die Gefallenen sollten später begraben werden. Die Verwundeten erhielten Verbandszeug und Medikamente – und den guten Rat, sich nicht mehr in der Nähe des Stützpunkts blicken zu lassen.

Es war bereits später Nachmittag, aber noch war von der Kühle des Abends nichts zu spüren. Die Technos nutzten die Gelegenheit, ihre bunkerähnliche Behausung zu verlassen und frische Luft zu schnappen, und jeder wollte die Energiewaffen aus der Zukunft aus der Nähe begutachten.

Tanger und Spencer hatten eine längere Unterhaltung

und vereinbarten einen Code, um künftig auch bei brenzligen Situationen Informationen austauschen zu können. Ein Professor Petrowski gesellte sich zu ihnen und entpuppte sich als äußerst interessanter Gesprächspartner.

„Es war mir schon immer klar“, behauptete er schon nach wenigen Sätzen, „daß es mehrere Dimensionen gibt und zwei Gegenstände durchaus am selben Ort existieren können.“

„Ich weiß nicht recht“, meldete Sheldon Zweifel an, der zu der Gruppe gestoßen war. „*Unsere* Erde, also Terra, ist gute siebzehntausend Lichtjahre abgedriftet, also nicht am selben Ort wie diese Welt. Auch der Zeitunterschied ist zu berücksichtigen, wenn es auch keine Erklärung dafür gibt. Aber kommen Sie uns besuchen, Professor, dann können wir uns in Ruhe darüber unterhalten.“

„Ich nehme die Einladung gerne an, danke. Vielleicht mit dem nächsten Transport.“

Inzwischen kehrten Walker und seine Truppe zurück. Sie fingen die zurückgelassenen Pferde ein. Man würde sie gelegentlich zur Farm Martins treiben, da es hier mehr Sand als Weide gab.

Sheldon, Sutter und Tanger blieben über Nacht.

Erst gegen Mittag des nächsten Tages traten sie die Rückfahrt an.

Die Jahre vergingen . . .

7.
EX-27

Das neunzehnte Jahr ihres Aufenthalts auf Martins Farm hatte begonnen. Sie hatten sich damit abgefunden, den Rest ihres Lebens hier zu verbringen, und sich entsprechend eingerichtet. Schon lange gab es keine Überfälle mehr, und neben dem alten Gästehaus der Farm waren kleine und einfache Einfamilienhäuser entstanden. Ray Martin war gealtert, aber er versäumte nicht seinen täglichen Spaziergang durch die Felder und die nahe gelegenen Weiden.

Der Kontakt zur Station, wie der unterirdische Stützpunkt der Technos kurz genannt wurde, bestand noch immer zu beiderseitigem Nutzen. Es gab jeden Tag einen Austausch von Informationen, und Zerhacker sorgten dafür, daß die Sendungen von anderen Funkstationen nicht abgehört werden konnten.

Trotz der ausgebliebenen Überfälle blieb die nächtliche Wache bestehen. Ein Besuch in Topeka hatte zwar ergeben, daß sich hier die Verhältnisse wesentlich gebessert hatten, es aber immer noch vereinzelte räuberische Banden gab. Eine Bürgerwehr sorgte halbwegs für Ordnung.

Henderson und Carlos waren an diesem Tag mit dem Jeep und Anhänger nach Topeka gefahren, um Fleisch und Gemüse gegen einige landwirtschaftliche Geräte und Maschinen einzutauschen, die wegen des fehlenden Treibstoffs nutzlos in Lagerhallen herumstanden und langsam vor sich hinrosteten.

Ein Besuch in der Stadt bedeutete keine große Gefahr mehr, denn es hatte sich bei den Banditen herumgesprochen, daß mit den „Leuten von der Farm“ nicht zu spaßen war. Außerdem war da noch die Bürgerwehr.

Der Chef dieser polizeiähnlichen Truppe, die aus Freiwilligen bestand, begrüßte Henderson und Carlos wie alte Freunde, die sie ja auch waren. Die mitgebrachten Güter wurden abgeladen, um später so gerecht wie möglich verteilt zu werden.

„Sucht euch aus, was immer ihr auch braucht“, sagte der Chef jovial, als die beiden ihre Wünsche vorgebracht hatten. „Wir können mit dem Zeug ohnehin nicht viel anfangen. Viel wird allerdings ausgeschlachtet worden sein, aber ein paar intakte Rasenmäher werdet ihr schon finden. Wie wäre es übrigens mit einem Faß Benzin? Wir haben einen Wagen einigermaßen hergerichtet – wißt ihr, so für einen Notfall.“

„Bringen wir das nächste Mal mit“, versprach Carlos, obwohl er nicht sicher sein konnte, ob Sheldon damit einverstanden sein würde.

Während ihrer Suche in einer der Lagerhallen fanden sie in einem Verschlag eine noch fabrikneue Erntemaschine für Getreide, in Einzelteile zerlegt und in Kisten verpackt.

„Das glaubt uns niemand“, sagte Carlos begeistert, „erst wenn sie es sehen. Jetzt hört die Plackerei mit den Sensen auf. Diesel kriegen wir von der Station. Die haben noch genug.“

„Die Fahrt dorthin ist ohnehin morgen fällig. Die zwei Wochen sind um.“

Die Besuche in der Station fanden nur noch vierzehntäglich statt.

„Ich bin morgen an der Reihe, und ich glaube, daß Mae mitfahren möchte. Sie machte wenigstens so eine Anspielung. Sie war schon lange nicht mehr dort, und ein Ausflug würde ihr guttun."

„Da die Zeiten etwas friedlicher geworden sind, wird kaum jemand etwas dagegen haben", knurrte Henderson und hob eine der Kisten an. „Sind ziemlich schwer. Das Tor ist groß genug, wir holen den Jeep einfach her."

Mit einigem Aufwand an Schweiß und der Hilfe zweier vorbeikommender Bürger verluden sie die zerlegte Maschine auf den Anhänger, fanden noch ein paar andere nützliche Dinge und kehrten dann zur Farm zurück, wo sie begeistert begrüßt wurden, als sie ihren Fund bekanntgaben.

Jack und Harry Martin, die sich besser mit so etwas „Uraltem" auskannten, erboten sich, die Maschine zusammenzubauen, glücklich darüber, daß die Erntearbeit nun leichter sein würde.

„Wer fährt morgen?" erkundigte sich Sheldon, als sie abends gemütlich zusammensaßen und ein selbstgebrautes Bier tranken.

„Ich bin dran", meldete sich Carlos sofort. „Darf Mae mitkommen? Werner fährt ja auch noch mit, es kann also nichts passieren. Außerdem gehen wir nicht ohne Waffen."

„Einverstanden", gab Sheldon die erhoffte Einwilligung. „Unserer Meisterköchin tut eine Abwechslung sicher gut. Außerdem kann sie sich ja mal im Konservenlager der Station gründlich umsehen."

Fred Tanger deutete auf Sutter.

„Es ist gut, wenn Werner mit von der Partie ist. Verstehst doch etwas von Medizin, hast du doch schon bewiesen."

„Klar, ein wenig. Warum?"

„Dr. Spencer ist krank. Sagte wenigstens der Mann, der

heute am Funkgerät der Station saß. Irgend etwas mit seinem Magen. Ihm ist dauernd schlecht. Ich wundere mich, daß die nicht die richtigen Medikamente haben. Ein Arzt ist bestimmt vorhanden."

„Ich nehme ein paar Arzneien von hier mit, Naturheilmittel sind in einem solchen Fall das beste. Sonst keine Neuigkeiten?"

„Nein. Der Mann war sehr wortkarg. Wahrscheinlich hat Spencer ihn nur flüchtig einweisen können. Er wirkte ziemlich unsicher."

„Vielleicht ist Spencer bis morgen wieder auf den Beinen", hoffte Sheldon und wechselte das Thema. „Vergeßt nicht, ein oder zwei Faß Diesel mitzubringen. In drei Wochen etwa beginnt die Getreideernte."

„Schon notiert", grinste Sutter und widmete sich seinem Bier.

Einige Wochen vorher.

Parko Ness hatte lange überlegt, wie er die Schlappe, die er durch die Technos und deren Verbündete hatte einstecken müssen, wiedergutmachen könnte. Er hatte sogar sehr lange überlegt, nämlich ein paar Jahre. Dann faßte er endlich einen Plan, besprach ihn mit seinen Unterführern und setzte ihn schließlich in die Tat um.

Einige Mitglieder von Parkos Bande hatten sich in Topeka als harmlose Bürger eingenistet und sammelten Informationen, die auf Umwegen den Chef erreichten. Sie konnten sich frei bewegen und erregten nach der üblichen Probezeit keinerlei Verdacht. Im Gegenteil: Da sie überall gerne halfen und zupackten, wo es nötig erschien, waren sie allgemein beliebt.

Durch die gelegentlichen Besuche der Farmleute in der Stadt erfuhren sie auch von deren Fortschritten und ihrem freundschaftlichen Verhältnis zu den Technos. Sie ahnten, daß dieses Kapitel noch nicht abgeschlossen sein konnte.

Parko ließ sie wissen, daß es unbedingt notwendig sei, die Namen der wichtigsten Leute auf der Farm Martins herauszubringen, was für die Spione kein großes Problem darstellte. Als sie Parko den Erfolg ihrer Bemühungen mitteilten, nickte dieser zufrieden und rief Draker, seinen Stellvertreter, zu sich.

Das Hauptquartier der Bande lag in einem Tal gut zweihundert Kilometer südlich von Topeka im ehemaligen Reservat der Shawnees. Sechzig Kilometer nordwestlich befand sich die Station der verhaßten Technos.

Draker betrat die Hütte, in der Parko Ness residierte. Er nickte seinem Boß zu und setzte sich unaufgefordert auf einen der wackeligen Stühle.

„Neuigkeiten?“ erkundigte er sich lässig.

Wenn Parko das Benehmen seines Ersten mißfiel, so ließ er es sich nicht anmerken.

„Allerdings, Draker. Ich denke, es ist an der Zeit, ein für allemal mit den Technos Schluß zu machen, ehe sie wieder Unheil anrichten. Wir haben ja gesehen, daß sie an neuen Waffen basteln, sonst hätten sie uns nicht so übel zugerichtet damals. Wir werden sie vernichten.“

Draker betrachtete Parko wie einen seltenen Käfer.

„Ach ja? Und wie sollen wir das anstellen? Du sagst ja selbst, daß sie über neue und gefährliche Waffen verfügen. Gegen die kommen wir mit unseren Donnerbüchsen nicht an.“

„Da stimme ich dir durchaus zu, Draker. Aber es gibt ja noch andere Dinge als Waffen. Zum Beispiel Intelligenz und List. Damit kriegen wir sie.“

„Du hast also einen Plan? Gut, dann laß mal hören.“

Ungefähr zwei Wochen später näherten sich der Station der Technos zwei Gestalten. Der diensthabende Wachtposten, der sie auf dem Bildschirm des elektronischen Periskops zuerst bemerkte, stutzte. Er kannte die beiden Männer nicht, die sich zielbewußt, wenn auch sehr langsam, der unterirdischen Anlage näherten.

Kein Wunder, denn der eine schien schwer verwundet zu sein, ging am Stock und wurde von dem anderen gestützt. Da das Gelände sehr übersichtlich war, konnte der Beobachter mit Sicherheit feststellen, daß die beiden Fremden allein waren. Er informierte General Walker, der für diesen Monat das Amt des Stationsleiters übernommen hatte.

Walker eilte sofort in den Beobachtungsraum.

„Sie scheinen nicht von der Farm zu sein, denn ich kenne sie nicht. Wir wollen sie näher kommen lassen, dann sehen wir weiter."

„Kennen wir alle Leute von der Farm?" fragte der Beobachter.

„Fast alle", gab der General zu. „Aber auch dann, wenn sie von der Farm sind – warum haben sie den Jeep nicht bei sich? Warum kommen sie zu Fuß? Ich denke, wir können die Sprechanlage nun einschalten. Sie sind nahe genug jetzt."

Die beiden Fremden blieben sofort stehen, als sie durch den Lautsprecher dazu aufgefordert wurden.

„Wer seid ihr und was wollt ihr?" fragte Walker.

„Helft uns", kam die Antwort laut und deutlich, obwohl die beiden noch gut hundert Meter entfernt waren. „Wir wurden überfallen. Den Jeep haben sie uns abgenommen, und wir können froh sein, daß sie uns nicht umgebracht haben."

„Banditen?"

„Wer denn sonst? Sie tauchten plötzlich auf, keine fünf Kilometer von hier. Sie haben uns überrascht."

„Von wo kommt ihr?"

Walker kannte die Antwort schon, denn er wußte nur von einem Jeep, den es in dieser Gegend gab.

„Von der Farm natürlich. Sheldon schickt uns, weil Sutter sich das Handgelenk verstaucht hat. Und Carlos hatte keine Zeit heute. Mußte sich um das Vieh kümmern."

Damit war selbst für den mißtrauischen General Walker der Fall klar.

„Gut, dann geht weiter. Jemand wird euch hereinlassen, dann sehen wir weiter."

Trotzdem blieb ein winziger Rest Mißtrauen.

Zwei bewaffnete Männer öffneten die schwere Stahltür und ließen die beiden vermeintlichen Farmleute herein. Der Lift brachte sie tief ins Innere der Station, wo sie von Walker in Empfang genommen wurden. Er bemerkte den Beinverband des einen und bat sie, Platz zu nehmen.

„Schwere Verwundung?" fragte er knapp. „Darf ich die Namen erfahren?"

„Nur ein glatter Durchschuß, aber schmerzhaft. Ich bin Cord, und das hier ist Draker. Zusammen mit Carlos sind wir für das Vieh verantwortlich."

„Carlos hat eure Namen nie erwähnt. Nun gut, Cord, unser Arzt wird sich um die Wunde kümmern."

„Wir haben sie eben erst frisch verbunden", lehnte Draker ab. „Wir wären froh, uns erst einmal ausruhen zu dürfen. Ist das möglich?"

„Natürlich." Walkers Mißtrauen war wieder erwacht. Die beiden Männer machten zwar keinen schlechten Eindruck, aber ihre Geschichte hörte sich nicht gerade überzeugend an. Doch das konnte schnell geklärt werden.

Er griff zum Feldtelefon, das innerhalb der Station das sicherste Kommunikationsmittel bildete.

Durch den Lautsprecher konnten Cord und Draker das Gespräch mitverfolgen.

„Mabel, verbinde mich mit Spencer."

„Sofort, Walker."

Nach zehn Sekunden meldete sich Spencer aus dem Funkraum.

„Was gibt's, General?"

„Ich habe hier zwei Männer von der Farm, einer ist verwundet. Überfall durch Banditen, die wohl auf den Jeep scharf waren. Rufe die Farm, bitte, und informiere Sheldon. Es kann ja jemand mit dem LKW kommen und die beiden abholen."

Walker glaubte so etwas wie Erschrecken auf den Gesichtern der beiden unverhofften Besucher erkannt zu haben, aber vielleicht spielte ihm sein angeborenes Mißtrauen auch nur einen Streich.

Dann kam wieder Spencers Stimme. Sie klang bedauernd.

„Tut mir leid, General, aber die vereinbarte Verbindung zur Station wurde vor einer halben Stunde beendet. Sie sind nicht mehr auf Empfang, und ich kann sie erst wieder morgen vormittag erreichen."

Draker und Cord beherrschten sich vorzüglich. Ihre Gesichter verrieten sogar Enttäuschung.

Walker schob das Telefon zur Seite.

„So ein Pech. Man wird sich Sorgen um euch machen."

„Wohl kaum. Es wäre ja nicht das erstemal, daß einer von uns über Nacht in der Station bleibt."

„Stimmt auch wieder", gab Walker zu. „Jemand wird euch nun das Gästezimmer zeigen und sich um euch kümmern." Einen Moment lang überlegte er, ob er

Petrowski mit dem Hubschrauber zur Farm schicken sollte, aber dann verwarf er den Gedanken wieder. Er würde sich vielleicht nur seiner übertriebenen Vorsicht wegen lächerlich machen. „Ihr könnt euch dann ein wenig in der Station umsehen und mit den Leuten reden. Hier ist jeder für eine kleine Abwechslung dankbar.“

„Das wäre sehr freundlich. Wir haben schon so viel darüber gehört, daß wir richtig neugierig geworden sind. Deshalb wurden wir heute auch geschickt.“

Walker nickte nur und gab seine Anweisungen per Telefon weiter. Wenig später erschien ein älterer Mann, den der Stationsleiter als Dr. Wendler vorstellte.

„Er ist euer Betreuer“, fügte er mit einem knappen Lächeln hinzu.

Wenig später befanden sich Cord und Draker in einem bequem eingerichteten Appartement mit Bad und Toilette. Wendler sagte:

„Wenn ihr einen Wunsch habt, benutzt hier die Klingel neben der Tür. Jemand mit einem Tablett wird gleich erscheinen, Essen und Getränke. Danach zeige ich euch die Station.“

Er ging, ohne eine Antwort abzuwarten.

Als sich die Tür geschlossen hatte, begann Draker nach verborgenen Abhörvorrichtungen zu suchen, konnte aber nichts finden. Cord ließ nebenan Wasser in die Wanne laufen und winkte Draker zu sich.

„Hier kann uns keiner belauschen, Draker“, flüsterte er. „Mensch, haben wir ein Schwein gehabt, daß sie nur einmal am Tag funken. Aber nun werden wir schnell handeln müssen, denn morgen wissen sie Bescheid. Oder es taucht wirklich jemand von der Farm auf.“

„Erst in drei Tagen, wenn die Information stimmt. Aber

du hast recht. Wir müssen die Sache noch heute erledigen. Wen hältst du für den wichtigsten Mann hier?"

Cord zuckte die Schultern.

„Diesen Walker vielleicht, aber ich bin nicht sicher. Ich glaube eher, daß hier alle gleichberechtigt sind. Es spielt also keine Rolle, wen wir zuerst kassieren."

Sie besprachen noch weitere Einzelheiten, dann erschien jemand und brachte die versprochenen Erfrischungen.

„In einer halben Stunde kommt Wendler", sagte er und ging.

Wendler war außerordentlich zuvorkommend und zeigte ihnen alles, was sie zu sehen wünschten. Aber er stellte auch selbst eine Unmenge Fragen, die in erster Linie das Leben auf der Farm betrafen. Er betonte, daß er zwar auch das ständige Leben unter der Oberfläche oft leid sei, aber er zöge es trotzdem den Gefahren draußen vor.

„Wir haben ja alles, was wir brauchen, besonders jetzt, da wir zusätzlich von der Farm versorgt werden. Und die Banditen haben sich auch schon lange nicht mehr sehen lassen. Die letzte Lektion wird ihnen wohl genügt haben."

„So wird es wohl sein", stimmte Draker mit einem merkwürdigen Grinsen zu. „Muß ein schönes Feuerwerk gewesen sein."

„Die Waffen aus dem Raumschiff brachten die Entscheidung, sehr richtig."

Wendler bemerkte in seinem Eifer nicht das sprachlose Erstaunen seiner beiden Begleiter und den fassungslosen Blick, den sie sich zuwarfen. Er war zu sehr damit beschäftigt, die Funktionsweise des Belüftungssystems der Station zu erklären.

„Es hängt natürlich alles davon ab, daß der kleine Atomreaktor, der uns Energie für die gesamte Anlage liefert, reibungslos funktioniert. Wir glauben, daß er einer der wenigen ist, die damals keinen Störfall erlitten.- Aber inzwischen wissen wir ja alle, daß die radioaktive Verseuchung in erster Linie den ungelösten Endlagerungsproblemen zu verdanken war. Statt das Zeug in die Sonne zu schießen, vergrub man es in der Erde oder versenkte es einfach im Ozean – natürlich angeblich für Tausende von Jahren sicher und unschädlich. Die Praxis sah dann anders aus."

„Schöne Schweinerei, das!" brachte Draker hervor und begann, sich langsam von seiner Überraschung zu erholen.

„Aber wir Wissenschaftler haben ein reines Gewissen. Wir haben Politiker und andere Stümper oft genug gewarnt, doch sie wußten es stets besser."

„Die Belüftungsanlage hier", kam Cord auf das im Augenblick für ihn wichtigste Thema zu sprechen, „versorgt sie von hier jeden Raum der Station, oder nur einen Teil?"

„Die ganze Station, also auch jeden Raum. Die Frischluft kommt von der Oberfläche, gefiltert und absolut sauber. Hier, das dürfte interesant sein", dozierte Wendler und deutete auf einen silbern schimmernden Kubus, von dem aus zwei dicke Aluröhren ausgingen. „In diesem Tank befindet sich die von der Oberfläche abgeleitete Luft, wird gefiltert und auf Verunreinigungen untersucht, ehe sie weitergeleitet und verteilt wird. Geschieht alles automatisch."

„Beeindruckend", sagte Draker und meinte es diesmal ehrlich. „Und öffnen kann man den Tank auch, nehme ich an."

„Zur Kontrolle – ja. Ist aber kaum notwendig."

„Heute schon", eröffnete ihm Cord und hieb ihm die geballte Faust gegen die Schläfe, in der vagen Hoffnung, daß es keine Überwachungsgeräte in der Belüftungsanlage gab.

Draker fing den Zusammenbrechenden auf und ließ ihn zu Boden gleiten. Wendler hatte das Bewußtsein verloren. Sie legten ihn in eine Ecke, dann machte sich Cord an seinem dicken Verband zu schaffen, der, vom Blut eines Kaninchens durchtränkt, absolut echt wirkte.

Er förderte einen flachen und leicht gebogenen Behälter zutage, der kaum Platz unter dem Verband eingenommen hatte. In ihm befand sich eine Flüssigkeit, die – sobald der Druck sich verringerte – verdampfte und ein stark betäubend wirkendes Gas wurde. Niemand wußte, wo Parko Ness das teuflische Zeug her hatte, aber es hatte sich schon mehrmals bestens bewährt.

Draker hatte inzwischen die vier Schrauben an der Tanköffnung gelöst. Das ständige Summen der Verteilerventilatoren war lauter geworden. Ein Luftzug saugte den Inhalt des ebenfalls geöffneten Giftbehälters in den Tank hinein, wo sich die Flüssigkeit blitzartig in das Betäubungsgas verwandelte.

„Zehn Minuten", murmelte Draker und warf die flache Flasche hinterher, bevor er den Deckel wieder verschloß. „Dann gehört die ganze Festung uns."

„Es wird schwere Arbeit sein, die schlafenden Technos in ein sicheres Gefängnis zu schleppen. Dieser Wendler kann uns dabei helfen, und wenn er nicht spurt, dann . . ."

Der Rest blieb unausgesprochen.

„Zuerst kümmern wir uns um die Funkstation. Die Farm ist ja nicht auf Empfang, also hört auch niemand von dort mit. Los, machen wir uns an die Arbeit!"

Zum Glück gab es Lifte und kleine Elektrowagen, mit denen sie die Betäubten in einen größeren Raum brachten, der sich von außen sicher abschließen ließ. Wendler half ihnen, in der festen Absicht, den beiden Kerlen bei erstbester Gelegenheit eine Falle zu stellen.

Außerdem vermißte er bei den Gefangenen zwei Personen.

General Walker und Dr. Spencer.

8.
EX-27

Etwas später als gewöhnlich kletterten Sutter, Carlos und seine Frau Mae in den Jeep, um zur Station zu fahren. Mae hatte sich einige Dinge aufgeschrieben, die sie für die Gemeinschaftsküche benötigte. Carlos dachte an den gewünschten Treibstoff, und Sutter startete den Motor.

Fred Tanger hatte noch einmal den gewohnten Funkkontakt mit der Station gehabt und die Besucher angekündigt. Von dort kam nur der Bescheid: keine erwähnenswerten Vorkommnisse. Spencer war noch krank.

Die Fahrt verlief reibungslos und ohne Probleme. Nur einmal setzte der Motor aus, und Sutter benötigte eine halbe Stunde, um den Vergaser zu reinigen. Die Düsen waren von dem ewigen Staub verstopft.

„Vielleicht finden wir irgendwo mal einen anderen Vergaser, den bauen wir dann ein“, tröstete Carlos und wischte sich die Hände ab.

„In der Station müßte einer zu kriegen sein“, hoffte Sutter und klemmte sich wieder hinter das Steuer.

Als sie sich der Station näherten, vermißten sie den Oberflächenwächter, den die Technos trotz der internen Beobachtungsanlage beibehalten hatten. Vielleicht wurde er gerade abgelöst.

Sutter fuhr direkt vor den Haupteingang und hielt an.

„Merkwürdig ruhig heute“, knurrte er und kletterte aus dem Jeep.

Carlos und Mae folgten ihm.

Sutter ging einmal um den Jeep herum und überprüfte die Reifen. Carlos näherte sich der verschlossenen Stahltür und blieb unwillkürlich stehen, als diese sich öffnete und ein halbes Dutzend Männer mit Schrotflinten ins Freie sprangen.

„Bleibt ruhig stehen, dann passiert euch nichts!“

Sutter begriff sofort. Bis zum Jeep waren es vier oder fünf Schritte – vier oder fünf zuviel. Sein Repetiergewehr im Jeep blieb unerreichbar, wenigstens im Augenblick.

Mae hatte einen Schrei ausgestoßen und starrte die ihr unbekannten Männer erschrocken an. Sie kannte sie nicht. Sie gehörten überhaupt nicht zur Station, dessen war sie sicher.

Carlos drehte sich langsam um, als er eingekreist wurde. Er hatte beide Hände halb erhoben.

„Was soll das?“ fragte Sutter so gelassen wie möglich.

„Wir haben die Station übernommen“, erwiderte Draker und winkte mit dem Lauf seines Gewehrs. „Ab in die Station, wenn ich bitten darf! Die anderen erwarten euch bereits.“

Sutter sah ein, daß jede Gegenwehr im Augenblick sinnlos war. Er nickte Mae und Carlos zu, die sich ebenfalls langsam in Bewegung setzten. Die Kerle hinter ihnen ließen ihnen keine Chance.

Carlos und Mae wurden in den Versammlungsraum gebracht, in dem die Besatzung der Station untergebracht war. In ihren Gesichtern war die Enttäuschung nicht zu übersehen, als sie die Neuankömmlinge erblickten. Summend verriegelte sich hinter ihnen die Tür.

Sutter wurde von Draker in einen anderen Raum geführt. In der Beobachtungszentrale erwartete ihn Parko Ness mit einem triumphierenden Grinsen. Er deutete auf einen Stuhl.

„Du darfst dich setzen. Du bist Sutter, nehme ich an. Hörte über Funk, daß du heute kommst. Überrascht, was?“

„Allerdings“, gab Sutter unumwunden zu. „Und was soll das alles bedeuten? Wie habt ihr das überhaupt geschafft?“

„Mit ein paar kleinen Tricks. Es geht nicht, daß ein Teil der letzten Menschen hungert, während sich der andere mästet. Nun sind wir einmal an der Reihe. Aber warum ich dich sprechen will: Wir hörten jemanden etwas von einem Raumschiff sagen. Was soll das bedeuten? Sutter, ich wünsche eine klare Antwort, sonst werde ich ungemütlich.“

„Raumschiff . . .?“ dehnte Sutter, um Zeit zu gewinnen.

„Was damit ist!“ brüllte Parko wütend. „Ihr gehört doch auch zu diesen verdammten Technos, denen wir alles zu verdanken haben. Raus mit der Sprache!“

Sutter sah ein, daß er das schlechtere Blatt in der Hand hatte. Abstreiten würde nichts helfen, und die Wahrheit konnte die Lage auch nicht allzusehr verschlechtern. Die Frage nach den Energiewaffen würde sicherlich auch nicht lange auf sich warten lassen.

„Es stimmt“, bestätigte er, um die Laune des Banditen zu verbessern, was nur von Nutzen sein konnte. „Wir kamen mit einem Raumschiff. Es ging bei der Landung verloren."

„So, einfach verloren? Mann, wie kann man ein Raumschiff verlieren – falls die ganze Geschichte überhaupt stimmt? Von der Erde aus ist nie ein richtiges Raumschiff gestartet."

„Nicht von dieser Erde aus", deutete Sutter vorsichtig an.

Parko starrte ihn verständnislos an.

„Was soll denn das nun wieder?" stieß er hervor.

Nein, erkannte Sutter, dieser Primitivling würde die ganze Wahrheit niemals begreifen. Und wenn, dann würden seine Forderungen ins Unermeßliche steigen.

„Es wurde in aller Heimlichkeit konstruiert und startete unbemerkt. Nach kurzem Flug mußten wir notlanden, auf dem Meer. Die Rakete versank. Das ist alles."

Parko schien sich vorerst damit zufriedenzugeben.

„So also war das", knurrte er. „Und die Waffen?" Er sah seinen Gefangenen scharf an. „Ihr hattet damals doch Superwaffen!"

„Sind inzwischen unbrauchbar geworden, weil wir sie nicht nachladen können. Oder habt ihr im Jeep etwas anders als ein Gewehr gefunden? Na also", fügte er hinzu, als Parko den Kopf schüttelte.

Er schwieg und wartete weitere Fragen ab, aber Parko schien es sich überlegt zu haben.

„Der andere Mann, Carlos, wird zur Farm zurückfahren und dort berichten, daß du und die Frau für einige Tage Gäste der Station sind. Wir haben hinsichtlich der Farm einige Dinge vor. Klar?"

Sutter nickte stumm. Er wollte mehr hören.

Aber da kam nichts mehr.

Parko befahl einem seiner Männer, Sutter zu den anderen zu bringen und die Wachen vor der Tür zu verdoppeln.

Bis jetzt verlief alles nach Plan.

Allerdings nicht hundertprozentig . . .

Als vor drei Tagen die vermeintlichen beiden Männer von der Farm Walkers Raum verließen, machte dieser sich auf, um mit Spencer zu reden. Er suchte ihn im Funkraum auf und mußte erfahren, daß eine Verbindung mit der Farm beim besten Willen nicht möglich war.

„Dann sollten wir doch den Hubschrauber nehmen, Spencer."

Spencer überlegte, dann nickte er.

„Frische Luft würde mir auch guttun, Walker. Warum fliegen wir beide nicht zusammen? Ein paar Stunden kann man dich hier schon entbehren."

„Ja, warum eigentlich nicht?"

Gemeinsam fuhren sie mit dem Lift hinauf zum oberen Hangar, der dicht unter der betonierten Oberfläche lag, die sich durch einen Knopfdruck seitwärts verschieben ließ und so den Weg nach oben freigab.

Als der blaue Himmel sichtbar wurde und die laue Vormittagsluft in den Hangar strömte, sagte Spencer:

„Auf fünf Minuten früher oder später kommt es doch nicht an. Komm, wir vertreten uns im Freien ein wenig die Beine. Ich möchte mal wieder Sand unter den Füßen spüren – und Gras."

Sie nahmen die Leiter und standen eine Minute später außerhalb der Station im leicht gelblichen Gras der angrenzenden Steppe. Der Wind kam von Süden und brachte den Geruch von Heu mit sich, obwohl niemand hier das Gras schnitt.

„Das tut gut“, meinte Walker und holte tief Luft. „Viel besser als unser gefilterter Stoff da unten. Die Zeiten sind ruhiger geworden. Wir sollten regelmäßige Ausflüge für alle gestatten.“

„Ich weiß nicht“, gab Spencer zurück. „Es könnte die Ruhe vor dem Sturm sein.“

„Unsinn!“ meinte Walker. „Dieser Ness hat noch genug von seiner letzten Schlappe.“

„Gerade deshalb mache ich mir Sorgen.“

„Du denkst an Revanche?“

Spencer nickte und stieg auf den kleinen Hügel, der noch von den früheren Ausschachtungsarbeiten übriggeblieben war und mit Vegetation bedeckt wurde, so daß er sehr natürlich wirkte.

Er sah nach Süden und stieß einen Fluch aus.

„Verdammt! Wenn man vom Teufel redet, dann kommt er auch . . .“

„Was ist denn?“

„Komm her und sieh selbst!“

Die Staubwolke in südlicher Richtung verriet mehr als zwei Dutzend Reiter, die in rasendem Tempo näher kamen. Ihr Ziel war ohne jeden Zweifel die Station. Und es konnte auch kein Zweifel daran bestehen, was sie wollten.

Spencer und Walker überlegten nicht lange.

Und doch machten sie einen entscheidenden Fehler.

So schnell sie konnten, kletterten sie in den Hangar hinab und schlossen die Betondecke. Sie hatten nur insofern Glück, als mehr Frischluft in der großen Halle war als Betäubungsgas. Immerhin rochen sie es.

„Gas!“ keuchte Spencer. „Jcmand hat Gas in dic Lüftungsanlage praktiziert.“

„Die Männer von der Farm! Ich habe es geahnt! Was nun?“

„Für den Hubschrauber ist es zu spät. Sie würden uns abknallen, noch ehe wir in der Luft sind. Wir müssen in den Silo. Er wird nicht durch die Anlage belüftet, nur durch enge Schächte zur Oberfläche direkt – wenn sie inzwischen nicht versandet sind.“

Der Raketensilo war zwar versiegelt, aber Walkers programmierte Stimme öffnete ihn. Sie eilten durch die Öffnung, als sich die dicke Stahltür öffnete. Dumpf schloß sie sich wieder hinter ihnen.

„Und was nun?“ fragte Spencer, als er die Minuteman im Startgerüst mit einem Blick streifte und Atem holte. „Wie erfahren wir überhaupt, was nun wirklich in der Station passiert ist?“

„Kein Problem, Harald Spencer. Auch hier sind Kontrollgeräte vorhanden – ich weiß es noch von früher.“

Der Silo war rund angelegt. In der Mitte stand die Rakete, und in halber Höhe gab es einen Laufsteg aus Metall. Einige Türen waren in die Wand eingelassen.

Die überall in der Station angebrachten Kameras vermittelten einen umfassenden Überblick über die Geschehnisse. Sie sahen, wie die beiden Banditen die bewußtlosen Technos mit der widerwilligen Hilfe Wendlers in den Aufenthaltsraum schleppten und ein wenig später die inzwischen eingetroffenen Reiter in die Station ließen.

„Und was nun?“ fragte Spencer mutlos. „Was können wir tun?“

„Vorerst nichts. Dabei ist alles meine Schuld. Ich hätte auf meine innere Stimme hören sollen. Sie hat mich gewarnt.“

„Niemand hat Schuld, und wenn, dann wir alle.“

Spencer deutete auf die Übertragungsanlage und die davor stehenden Stühle. „Setzen wir uns und denken nach. Du kennst die Station besser als jeder von uns, Walker. Wir haben also die Möglichkeit, alles zu beobachten, was in der Station geschieht, und niemand kann zu uns hereinkommen. Die Frage ist nur, wie lange wir es hier aushalten, ehe wir verhungern oder verdursten."

„Es gibt ein provisorisches Vorratslager unter jedem Silo."

„Gut, das wäre also geklärt. Gibt es Funk irgendwo?"

„Nein. Nicht in den Silos."

„Aber Telefon?"

„Ja."

Spencer nickte beifällig.

„Gut. Da wird uns schon etwas einfallen. Die Banditen werden bald anfangen, an Geister zu glauben, doch wie können wir die Farm warnen? Der Besuch ist in drei Tagen fällig."

Es gab keine Möglichkeit dazu, das wußten sie bald. Und an den Hubschrauber kamen sie nun auch nicht mehr heran, denn er wurde von den Kerlen streng bewacht. Außerdem trafen immer mehr Reitertrupps ein. Walker schätzte, daß inzwischen mehr als zweihundert Banditen die Station besetzt hielten. Sie plünderten die Vorräte und sprachen den Spirituosen ganz besonders zu.

Sie feierten ihren Sieg, während Spencer und Walker hilflos im Silo saßen.

Als die drei, die zur Station gefahren waren, am Abend nicht zurückkamen, machten sich Sheldon und die anderen noch keine Sorgen. Wahrscheinlich war es spät geworden, und sie hatten beschlossen, die Nacht im Gästezimmer der Station zu verbringen.

Am nächsten Morgen nahm Fred Tanger zur üblichen Zeit Funkkontakt mit der Station auf. Auch diesmal meldete sich nicht Dr. Spencer. Eine fremde Stimme fragte:

„Spreche ich mit der Martin-Farm?“

Verwirrt funkte Tanger zurück:

„Natürlich! Wer ist dort?“

„Parko Ness. Ich habe eine Neuigkeit für euch: Wir haben die Station übernommen und alle Insassen gefangengenommen. Auch Sutter und eine gewisse Mae. Ihr Mann, Carlos, wird heute oder morgen bei euch eintreffen und unsere Bedingungen überbringen. Alles verstanden?“

Tanger war der Schreck so in die Glieder gefahren, daß er keinen Ton hervorbrachte. Jahrelang hatte es keine Zwischenfälle mehr gegeben, und nun das! Die Station in der Hand der Banditen! Sutter und Mae gefangen, und mit ihnen die Freunde in der Station!

„Ob du kapiert hast?“ kam die Stimme des Banditen aus dem Lautsprecher. „Wenn nicht, macht das auch nichts. Ihr werdet sowieso bald alles erfahren. Also Schluß mit der Senderei!“

Es knackte, dann war die Frequenz tot.

Tanger blieb noch einige Minuten wie erstarrt vor seiner Sendeanlage sitzen, ehe auch er abschaltete. Dann erhob er sich langsam und ging, um den anderen die Hiobsbotschaft zu überbringen.

Sheldons Gesicht verriet seine Gefühle, aber er geriet nicht in Panik.

„Wir können im Augenblick überhaupt nichts tun und müssen warten, bis Carlos auftaucht. Erst wenn wir wissen, was die Banditen von uns wollen, haben Überlegungen einen Sinn. Bis dahin verdoppeln wir unsere Wachen, um jeder unliebsamen Überraschung vorzubeugen. Ich kann mir nicht vorstellen, daß dieser Parko Ness die Oberhand behält. Nun, wir werden ja sehen."

Sheldons Ruhe war nur äußerlich, aber er wollte den anderen nicht den Mut nehmen. Ihm war klar, daß die Rückeroberung der Station ohne Hilfe von innen so gut wie unmöglich war. Und doch mußte es einen Weg geben, die Banditen endgültig zu vertreiben.

Die Stunden vergingen heute scheinbar langsamer als sonst. Carlos kehrte nicht zurück. Die Nacht blieb ruhig, und am anderen Vormittag versuchte Tanger vergeblich, Verbindung mit der Station zu bekommen.

Gegen Abend erst tauchte ein Reiter auf, der sich nur noch mühsam im Sattel hielt. Es war Carlos, der fast zwei Tage unterwegs gewesen war. Er nahm dankbar die Erfrischung entgegen, ehe er mit seinem Bericht begann.

Er schilderte kurz, was geschehen war, und überbrachte dann die Forderung der neuen Stationsbesitzer.

„Irgendwann in der kommenden Woche werden fünfzig von ihnen hierherkommen, um auch die Farm zu übernehmen. Wir sollen weiterarbeiten wie bisher und die Ernten zum größten Teil abliefern, dann wird man uns in Frieden lassen. Wenn wir keine Schwierigkeiten machen, werden die Technos freigelassen und können sich hier ansiedeln." Carlos vollführte eine hilflos wirkende Bewegung mit der Hand. „Das ist alles, was ich euch sagen soll."

Sie sahen sich betreten an, lediglich Sheldons Gesicht verriet eiserne Entschlossenheit. Aber er wußte auch, daß die Station selbst mit den Energiewaffen nicht zurückerobert werden konnte.

Der alte Martin stützte sich auf seine Krücken.

„Dann ist alles umsonst gewesen", sagte er mit zittriger

Stimme. „Was soll denn nun werden? Sie werden uns ja doch alle umbringen."

„Noch ist es nicht soweit", wies Sheldon ihn sanft zurecht. „Uns wird schon etwas einfallen. Wir haben eine Woche Zeit."

„Und Mae?" warf Carlos leidenschaftlich ein. „Sie ist in der Hand dieser Kerle."

„Sie werden ihr nichts tun, solange sie nicht wissen, wie wir uns verhalten. Sie ist eine Geisel und damit in relativer Sicherheit."

Tanger hatte den Arm um seine Frau Katrina gelegt, die sich eng an ihn schmiegte. Drüben bei den Pferdekoppeln spielten ihre beiden Kinder.

„Ich werde von nun an die Funkstation besetzt halten", kündigte er an. „Ich bin sicher, daß die Banditen Kontakt mit anderen Gruppen halten, und je mehr wir über ihre wahren Absichten erfahren, desto früher können wir Pläne schmieden."

„Einverstanden", nickte Sheldon ihm zu. „Henderson, Jack, Harry und ich überprüfen noch einmal unseren Bestand an Waffen und Munition. Und diesmal gehören auch die Energiestrahler dazu. Die anderen sollten so verfahren, als sei nichts geschehen, das vertreibt ein wenig die Sorgen. Zum Grübeln und Plänemachen ist immer noch Zeit."

Stumm und bedrückt gingen sie auseinander.

9.
EX-79

Die EX-79 hatte den Pazifik überquert und dabei Neuseeland und Australien gestreift. Die beiden Inseln Neuseelands hatten sich, was Vegetation und Oberflächengestaltung anging, kaum verändert, wohingegen Australien eine einzige Wüste geworden war. Aber es gab Menschen und intakte Ansiedlungen im Innern. Von Australien aus schickte man ihnen sogar eine Boden-Luft-Rakete nach.

„Die wirken aber noch sehr zivilisiert", bemerkte Kevin O'Hara trocken. „Sehen wir uns Asien an!"

Veri Conter empfing sowohl über Australien wie auch über China jede Menge Funksprüche. Die Katastrophe schien den Fernen Osten nicht so sehr betroffen zu haben wie Amerika. Nun waren sie gespannt, wie es in Europa aussah.

Da sie die Erde von alten Atlanten und Videobildern kannten, die sie während des Herflugs studiert hatten, konnten sie Unterschiede leicht feststellen. China und der asiatische Teil Rußlands, von jeher nicht voll industrialisiert, schien sich äußerlich nur wenig verändert zu haben.

Vom Ural aus flog die EX-79 zuerst südwestlich und dann wieder nach Norden. Nur auf den höchsten Gipfeln der Alpen lag noch ein wenig Schnee, die Gletscher schienen mehr als zur Hälfte abgeschmolzen zu sein.

Selbst in der Vergrößerung sahen die Städte in Mitteleuropa so aus, wie sie in alten Berichten dargestellt wurden, allerdings fehlte jedes Anzeichen einer technischen Hochzivilisation. Auf den fast leeren Straßen und Autobahnen sah man nur vereinzelte Fahrzeuge, und die Luft war klar und sauber, ohne den geschilderten Smog.

Man konnte ohne Dunstbehinderung bis zum Horizont blicken.

„Mir ist unbegreiflich, wie das alles in ungefähr siebzig Jahren passiert sein soll“, wunderte sich Devi Nahru. „Sicher, damals war Umweltschutz groß in Mode, aber mit Maßnahmen ließ man sich Zeit. Ja, und dann muß die Abspaltung erfolgt sein, denn *wir* lösten damals das Problem im Handumdrehen, auch mit Hilfe der arkonidischen Technik. Aber hier muß es anders gelaufen sein, und zudem rasend schnell.“

Weiter im Norden waren die Küstengebiete überschwemmt. Unter der klaren Wasseroberfläche waren die Umrisse ehemaliger Ansiedlungen zu erkennen.

Kevin O'Hara und Mac Brady starrten auf den Bildschirm, als ihre Heimatländer sichtbar wurden. Die Lochs waren größer und breiter geworden, und die Grüne Insel hatte eine gelbliche Färbung angenommen.

„Denen scheint in letzter Zeit der Regen zu fehlen“, murmelte der Erste verstört.

„Den gab es dafür vor fünfzig Jahren mehr als genug“, erklärte Devi. „Zuerst Überschwemmungen und Regen und dann Dürre. Das hatte man vorausgesagt, aber für den Ablauf Hunderte von Jahren angenommen.“

Sie ließen Europa hinter sich, nachdem Veri Conter nach dem Versuch einer Funkverbindung nichts als wüste Flüche zu hören bekam, die von der Aufforderung begleitet wurden, schnell zu verschwinden.

„Sie haben – außer Funk – der Technik abgeschworen“, vermutete Peter Dreibel, der wie benommen in einer Ecke saß und den Bildschirm anstarrte. „So stelle ich mir das Mittelalter vor.“

„Und die Technik ist der Satan“, fügte Marc Hansen hinzu. „Also gut, wenden wir uns wieder Amerika zu. Ich glaube, wir haben genug gesehen. Viel erfahren haben wir allerdings nicht."

„Und von der EX-27 keine Spur. Ob sie überhaupt hiergewesen und irgendwo gelandet ist?"

„Keine Ahnung, Kevin, aber vielleicht finden wir es noch heraus. Wir landen an der alten Stelle. Da schien es ziemlich sicher zu sein."

Es war noch Nacht über der Küste, aber hinter dem Schiff, im Osten, dämmerte bereits der Morgen. Kevin O'Hara, der die Kontrollen übernommen hatte, setzte die EX-79 sanft auf dem Boden auf und desaktivierte den Antrieb.

„Ich werde den halben Tag verschlafen", kündigte Mac Brady an.

„Das ist der Zeitunterschied", witzelte Peter Dreibel und gähnte. „Wir waren ja auch lange unterwegs. Einmal rund um die Kugel."

Marc Hansen erhob sich. Er schien auch müde zu sein.

„Gut, dann verschieben wir alles andere auf den Nachmittag. Wir werden versuchen, Kontakt mit Menschen aufzunehmen. Wir müssen endlich erfahren, was passiert ist."

„Das ist mir kein Rätsel mehr", sagte Devi Nahru von ihrem Platz her. „Ich denke nur darüber nach, warum es so schnell passierte."

Hansen zuckte die Schultern.

„Dann bis später, Freunde!"

Seragon begegnete dem Kommandanten auf dem Gang.

„Bleiben wir hier, Marc?" Er war der einzige an Bord, der *jeden* duzte und von jedem geduzt wurde. „Ich habe mir alles auf dem Interkomschirm angesehen. Sieht ziemlich trübe aus, was?"

„Zum Glück ist es nicht ganz *unsere* Erde, Seragon.

Aber es hätte sie sehr gut sein können. Wenn nicht – ja, wenn wir jetzt nicht in einem anderen Universum lebten."

„Bei Manitu! Alles reichlich verrückt!"

Hansen grinste und machte, daß er in seine Kabine kam.

Seragon sah ihm nach, ehe er sich umdrehte und in Richtung Kommandozentrale weiterging.

Er wollte Devi Nahru ein paar Fragen stellen.

„Wir bleiben permanent auf der üblichen Frequenz in Verbindung", sagte Marc Hansen zu Veri Conter, als sie den Gleiter ausschleusten. „Aber ab und zu können Sie ruhig mal in die Kurzwelle hineinhorchen, vielleicht erwischen Sie etwas Interessantes."

„Wird gemacht", bestätigte die Funkerin sachlich, wie es ihre Art war. „Soll ich auf Tauschangebote eingehen?"

Hansen lachte, denn das war alles andere als eine sachliche Bemerkung. Er nickte ihr zu und betrat nach Mac Brady und Seragon den Boden Amerikas.

Sie wollten zur Westküste.

Brady hatte die Kontrollen übernommen und überflog den allem Anschein nach nur schwach bevölkerten Mittelwesten in geringer Höhe. Trotzdem war es recht unwahrscheinlich, daß man sie entdeckte. Der Gleiter war nicht groß und erzeugte keinerlei Geräusche.

Auf Hansens Knien lag der alte Atlas. Immer wieder verglich er die Karte mit dem, was unter dem Gleiter zu sehen war. Der Hooverdamm stand noch unversehrt, aber der See dahinter schien nahezu ausgetrocknet zu sein. Der Colorado war nur noch ein Rinnsal.

Auf den Rockys lag kein Schnee mehr. Die Temperatur war weltweit um einige Grade angestiegen, nur in den

Tropengebieten schien es noch genügend zu regnen. Der wachsende Regenwald Amazoniens deutete darauf hin.

Im Westen blinkte der Pazifik, und nun erblickten sie etwas, das sie beim ersten Mal und aus großer Höhe nicht bemerkt hatten: Kalifornien war verschwunden.

Also hatte es nach der Abspaltung das lange vorher angekündigte Erdbeben gegeben und Kalifornien im Meer versinken lassen. Eine Katastrophe kommt selten allein, dachte Marc Hansen und bat Mac Brady, Kurs nach Norden zu nehmen.

Die stark gelichteten Wälder Kanadas boten einen trostlosen Anblick, aber auf den nördlichen Rockys lag schon wieder Schnee. Wurde es vielleicht schon wieder kälter?

Auf einem Hochplateau entdeckte Hansen, weitab von anderen menschlichen Ansiedlungen, eine einsame Hütte. Auf seine Bitte hin ging Brady tiefer.

„Gehen wir das Risiko ein", erklärte Hansen den Grund seiner Bitte. „Früher oder später müssen wir Kontakt aufnehmen. Hier gehen wir kein großes Risiko ein. Mac, lande in der Nähe der Blockhütte."

„Sicher ein Jäger", meinte Seragon und spürte das Blut seiner Ahnen.

„Da ist er!" rief Mac Brady, als sie dicht über dem Plateau schwebten und schließlich lautlos landeten. „Der muß ganz schön überrascht sein."

Der Einsiedler kam aus der Tür gestürzt, zögerte einige Sekunden, als er den ungewohnten Anblick in sich aufnahm, kehrte wieder um und kam mit einem Gewehr wieder zum Vorschein. Er hielt den Lauf jedoch schräg nach oben gerichtet.

„Paßt gut auf", wies Hansen seine Begleiter an. „Ich

werde versuchen, mit ihm zu reden. Gebt mir im Notfall Feuerschutz."

Er sprang aus dem Gleiter, hob beide Hände hoch und setzte sich vorsichtig auf den etwa fünfzig Meter entfernten Mann zu in Bewegung.

Der wußte offensichtlich nicht, wie er sich verhalten sollte.

Hansen nutzte die Unsicherheit des anderen aus und näherte sich ihm weiter. Dann, zwanzig Schritte vor ihm, blieb er stehen und rief:

„Wir sind Freunde und möchten mit Ihnen reden. Darf ich näher kommen?"

„Was ist das für ein Ding da?" kam die Gegenfrage des bärtigen Mannes, der sich von seinem ersten Schrecken erholt zu haben schien. Er ließ sogar die Waffe sinken, ein großkalibriges Repetiergewehr. „Wer seid ihr? Was wollt ihr von mir?"

„Viele Fragen auf einmal, mein Freund." Hansen ging langsam weiter. „Ich werde sie alle beantworten."

Der Mann deutete mit dem Lauf auf den Gleiter.

„Was ist das? Doch kein Flugzeug, wie es sie einst gab?"

„Nicht ganz. Dürfen meine beiden Freunde aussteigen? Ich gebe Ihnen mein Wort, daß wir nichts gegen Sie unternehmen wollen. Nur ein paar Fragen."

Der Mann nickte sein Einverständnis und streckte Hansen die freie Hand entgegen.

„Ich bin Kalmus. Kal genügt."

„Marc Hansen, und da kommen Mac Brady und Seragon. Ist es nicht ein wenig einsam hier?"

„Gerade recht so. Hat man wenigstens seine Ruhe. Aber, sagt mir endlich, wer ihr seid und wo ihr herkommt." Er deutete auf die Bank an der Hüttenwand. „Setzen wir uns. Es ist warm heute."

Er brachte das Gewehr in die Hütte und kam mit einem Krug kühlen Wassers zurück.

Marc Hansen gab sich Mühe, dem Einsiedler die Wahrheit so einfach wie möglich zu berichten, und zur Verwunderung der drei von Terra nahm Kalmus die erstaunliche Geschichte mit ungewöhnlicher Fassung auf. Er nickte mehrmals sinnend vor sich an, als Hansen schwieg.

„Ich habe schon immer behauptet, daß alles möglich ist, was zuerst unmöglich scheint. Habe viel darüber gelesen. Da gibt es also noch eine andere Erde. In einem besseren Universum auch noch! Und wir hier geben uns nach der Katastrophe alle Mühe, ins Mittelalter zurückzufallen. Fragt mich nicht, wie es draußen aussieht, in den Städten meine ich, da war ich lange nicht mehr. Ich will nichts mehr davon wissen."

„Wie überleben Sie denn hier?"

Kalmus lachte.

„Ich habe alles, was ich brauche. Ein Gewehr zur Jagd, genügend Munition, eine nie versiegende Quelle – und meine heile Welt."

„Wie war das mit der Katastrophe? Wir möchten mehr darüber wissen."

Kalmus behauptete, nicht viel darüber zu wissen, da er schon von Jugend an ziemlich allein gelebt hätte. Die Farm seiner Eltern und Großeltern hatte am Rand der Rockys in Britisch Columbia gelegen, dort war er aufgewachsen. Als sich das Klima rapide zu verändern begann und zuerst ständiger Regen und dann Trockenheit Felder und Wälder zerstörte, als die Krankheiten aufkamen und die ersten organisierten Mordbanden entstanden und die Farm angriffen, als seine Eltern und Freunde getötet wurden und er wie durch ein Wunder lebend davonkam, hatte er sich hierher zurückgezogen. Mehr wußte er auch nicht.

Viel gab es also nicht zu erfahren, aber Hansen begann sich ein Bild von dem zu machen, was geschehen war. Devi Nahru würde mit den dürftigen Informationen schon etwas anfangen.

„Wir suchen Freunde von uns“, gab er Kalmus zu verstehen. „Sie müssen vor langer Zeit zur Erde gekommen sein.“

„Nie davon gehört“, bedauerte der Einsiedler und trank aus dem Krug. Er blickte zur Sonne hoch. „Ich glaube, ich muß mich um das Abendessen kümmern. Wollt ihr bleiben?“

Die drei erhoben sich.

„Nein, man wartet beim Schiff auf uns. Vielen Dank für die Auskünfte – und auch Dank dafür, daß Sie uns glaubten, so unwahrscheinlich unsere Geschichte auch klingen mag.“

„Keine Ursache, für mich war es eine angenehme Abwechslung, wenn ich auch erst morgen so richtig darüber geschockt bin. Ich hatte schon immer eine lange Leitung.“

Sie verabschiedeten sich von dem seltsamen Kauz, stiegen in den Gleiter und starteten, und noch lange sahen sie unten vor der Hütte Kalmus stehen und ihnen nachblicken.

Sie nahmen Kurs nach Süden.

Als sie über die Großen Seen hinwegglitten, kam aus dem Funkgerät das helle Knacken, das Veri Conters Rufsignal auslöste. Hansen drückte die Zweisprechtaste.

„Marc hier. Alles in Ordnung. Wir befinden uns auf dem Rückflug.“

„Ich hatte schon mehrmals versucht, Verbindung mit Ihnen zu bekommen, aber keine Antwort."

„Wir waren mehre Stunden nicht im Gleiter – tut mir leid."

„Dann macht euch auf eine Überraschung gefaßt: Wir haben Funkkontakt zu Kommandant Sheldon von der EX-27 hergestellt. Er sitzt in der Klemme."

Für eine halbe Minute war es totenstill in der kleinen Kabine des Gleiters. Die drei Insassen schienen das Atmen vergessen zu haben.

Dann raffte sich Marc Hansen auf.

„Wir sind schon unterwegs", sagte er nur und nickte Brady zu, der das Tempo sofort beschleunigte. „In einer Stunde sind wir da. Sende das Peilsignal."

„Keine weiteren Fragen?" wunderte sich die Funkerin der EX-79.

„Doch, wir platzen vor Neugier. Trotzdem stellen wir sie erst dann, wenn wir bei euch sind. Also – bis dann!"

Er schaltete ab und sagte zu den anderen:

„Verdammt, ist das heute ein denkwürdiger Tag!"

Dann schwieg er, bis vor ihnen der Kugelraumer in der Steppe auftauchte.

10.
EX-27

Zwei Tage vergingen, ohne daß etwas Außergewöhnliches geschah oder Fred Tanger eine Funkverbindung mit der von den Banditen besetzten Station der Technos erhielt.

Alle befolgten den Rat Sheldons, mit der täglichen Routine fortzufahren, als sei alles wie bisher. Lediglich der alte Ray Martin grummelte ständig vor sich hin und wollte sich nicht mit der Realität abfinden. Wenn es nach ihm gegangen wäre, hätten sich alle bewaffnet und wären mit dem gepanzerten LKW zur Station gefahren, um die Gefangenen zu befreien.

Sheldon, Carlos und die beiden Söhne Rays hatten inzwischen ihren Entschluß gefaßt. Am dritten Tag würden fünfzig Banditen kommen, um die Farm in Besitz zu nehmen. Ihnen war klar, daß alles verloren war, wenn das passierte. Also bereiteten sie sich darauf vor, die fünfzig Männer in ihre Gewalt zu bringen und ihrerseits als Druckmittel zu benutzen. Es war natürlich ein gewagtes Spiel, denn es konnte durchaus sein, daß dieser Parko Ness gewissenlos genug war, seine Gefolgsleute zu opfern und seinerseits die Technos in der Station einzeln umzubringen.

Nur noch eine Nacht trennte sie von der Entscheidung, denn morgen begann die neue Woche.

Fred Tanger hatte zwar während der vergangenen zwei Tage mehrere Funksendungen aufgefangen, aber keiner von ihnen war einer Kontaktaufnahme wert gewesen. Reichlich erschöpft schaltete er ab, um ein paar Stunden zu schlafen.

Sheldon und Rays Söhne saßen noch bei einem Bier zusammen.

„Mir ist kein anderer Plan eingefallen“, sagte Sheldon. „Und trotz der Risiken halte ich unser Vorhaben immer noch für besser, als uns den Strolchen zu ergeben. Wenn die Funkverbindung unterbrochen ist, erfährt dieser Ness auch nicht, was hier vor sich gegangen ist. Also muß er die Initiative ergreifen, wenn er es wissen will.“

„Parko Ness scheint ein harter Bursche zu sein. Er wird nicht so leicht aufgeben. Und mit Gewalt können wir die Station nicht stürmen. Ein Dr. Wendler hat Carlos zugeflüstert, daß Spencer und General Walker nicht unter den Gefangenen seien. Wäre das nicht ein Hoffnungsschimmer? Vielleicht sind sie noch frei und halten sich irgendwo in der Station verborgen."

„Mag sein, aber das nützt uns nichts, wenn wir uns nicht mit ihnen in Verbindung setzen können. Immerhin, Walker kennt die Station in- und auswendig."

Sie schwiegen, denn mit Vermutungen allein kamen sie keinen Schritt weiter. Sie waren sich einig, den ursprünglichen Plan in die Tat umzusetzen und die Abordnung der Banditen zu überwältigen, um wenigstens einen kleinen Trumpf in die Hand zu bekommen.

Dann gingen sie in ihre Quartiere.

Der Morgen brach an, das Leben auf der Farm erwachte.

Es schien ein Tag wie jeder andere zu werden, es konnte aber auch der Tag sein, der die Entscheidung brachte, nämlich dann, wenn die angekündigten Kerle heute eintrafen, um die Farm zu übernehmen.

Sheldon traf jedenfalls alle notwendigen Vorbereitungen, um nicht überrascht zu werden. Zur Tarnung schickte er genug Leute hinaus auf die nächsten Felder, die etwas höher lagen und einen freien Blick nach Süden ermöglichten. Sobald sie Reiter oder eine Staubwolke erblickten, sollten sie schnell zur Farm zurückkehren.

Jeder bekam seinen Platz zugeteilt. Man wollte die Banditen in aller Ruhe empfangen und in den freien Raum zwischen den Gebäuden reiten lassen. Dort würden Sheldon, Carlos und Henderson mit ihren auf Betäubung eingestellten Strahlern die gesamte Bande aufs Kreuz legen, und zwar im wahrsten Sinne des Wortes. Wenn die Kerle eine Stunde später erwachten, würden sie fein säuberlich verschnürt sein und bereit zu Verhandlungen.

So zumindest stellte sich Sheldon den Ablauf der Aktion vor.

Der Vormittag verging, es wurde Nachmittag.

Fred Tanger hockte wie üblich in seiner Funkbude.

Immer wieder ließ er den automatischen Frequenzsucher durch die unterschiedlichen Wellenbereiche laufen. War ein fremder Sender stark genug, pendelte er sich darauf ein.

Es kamen mehrere Sender herein, aber er kannte sie nicht und ignorierte sie. Doch dann erwischte er die Heimstation der Bürgerwehr von Topeka, mit der die Farm ein gutes Verhältnis hatte. Erst zögerte er, aber dann hatte er eine Idee. Warum sollten die Bürger der Stadt kein Interesse daran haben, die Banditen unter Parko Ness' Kommando für immer aus der Gegend zu vertreiben?

Er strahlte das vereinbarte Ruf- und Erkennungssignal ab und erhielt Bestätigung. Der Chef der Bürgerwehr meldet sich sofort:

„Hallo, Fred! Alles in Ordnung bei euch?"

„Leider nicht." In kurzen Worten berichtete er, was der Farm bevorstand, und er benutzte dazu den gemeinsam ausgearbeiteten Verschlüsselungstext. Selbst wenn die Banditen zufällig auf die selbe Frequenz gerieten, würden sie kaum etwas damit anfangen können. „Nun sind wir hier auf der Farm an der Reihe. Sie können heute oder morgen hier erschienen, fünfzig Mann hoch."

„Wir werden einen Trupp schicken", bot der Chef an.

„Ein paar Männer zur Verstärkung können nicht schaden, aber ich werde lieber Sheldon fragen." Und um eventuell lauschende Banditen zu verunsichern, fügte er im Klartext hinzu: „Bei uns ist alles in Ordnung, die

Ernte reift heran, Sheldon und uns allen geht es bestens. Ich melde mich in einer halben Stunde wieder."

„Verstanden!"

Tanger ließ das Gerät eingeschaltet und verließ den Raum. Zwar glaubte er, noch etwas gehört zu haben, aber er konnte sich auch irren. Einer quatschte ja immer beim Funk dazwischen.

Sheldon hörte sich an, was Tanger vorzuschlagen hatte, dann schüttelte er den Kopf.

„Ich glaube, wir sollten die Männer der Bürgerwehr nicht unnötig einer Gefahr aussetzen. Wenn etwas schiefgeht, würden sich die Banditen an der Stadt rächen. Meinst du nicht auch? Außerdem bin ich sicher, daß wir allein mit den Kerlen fertig werden."

„Ich wollte ja auch nur fragen", gab sich Tanger zufrieden. „In einer halben Stunde werde ich den Männern in Topeka deine Entscheidung mitteilen."

Es war inzwischen Mittag geworden. Tanger ließ sich Zeit, an die Funkgeräte zurückzukehren. Im Raum war nur das Summen zu hören, das aus dem Empfänger kam. Er wartete die vereinbarte Frist ab, ehe er das Rufsignal abstrahlte. Der Chef selbst antwortete sofort:

„Okay, gehen wir auf Code."

„Gut. Sheldon meint, wir sollten euch nicht unnötig in Gefahr bringen. Wir würden schon mit den Kerlen fertig. Aber später werden wir für jede Hilfe dankbar sein. Das besprechen wir noch."

„Wie ihr wollt. Aber meldet euch, wenn es brenzlig wird."

„Darauf könnt ihr euch verlassen."

„Abgemacht. Viel Glück! Ende!"

„Ende!" gab Tanger durch, dann wollte er abschalten.

Noch bevor er den Ausknopf niederdrücken konnte,

drang aus dem Lautsprecher eine weibliche Stimme. Sie war so laut und deutlich, daß Tanger unwillkürlich zurückwich und sich die Ohren zuhielt.

Es dauerte lange Sekunden, die Stimme war längst verklungen, als ihm klarwurde, was er da gehört hatte. Der gewaltige Schock ließ sein Herz für einen Augenblick stillstehen, dann begann es um so heftiger zu schlagen. Er war käsebleich geworden, dann aber schoß ihm eine Blutwelle ins Gesicht.

Dann war die Stimme wieder da:

„Station Sheldon! Melden Sie sich! Hier ist die Station EX-79 und geht auf Empfang."

Nicht die bloßen Worte allein waren es, die Tanger so fassungslos gemacht hatten, sondern die Tatsache, daß der weibliche Funker am anderen Ende den Anruf nicht in Englisch, sondern in der Sprache des Solaren Imperiums, in Interkosmo, abgestrahlt hatte.

Man hatte sie gefunden.

Wenige Minuten später saß Sheldon mit Tränen in den Augen neben Tanger vor den Funkgeräten. Veri Conter in der EX-79 konnte ihre Erschütterung ebenfalls nicht verbergen.

„Es ist wie ein Wunder", teilte ihr Sheldon in Interkosmo mit. „Wir haben schon nicht mehr daran geglaubt. Aber alles andere können wir später noch bereden. Wo seid ihr?"

„Nicht weit von der Ostküste Amerikas entfernt. Und ihr?"

„Könnt ihr uns anpeilen?"

„Kleinigkeit."

„Gut. Dann noch etwas . . ." Er unterrichtete sie kurz

über die Lage, in der sie sich befanden, und bat sie um Rat.

Veri Conter antwortete:

„Ich möchte keine Entscheidungen treffen. Das ist Aufgabe des Kommandanten Marc Hansen. Er ist mit dem Gleiter unterwegs, meldet sich aber auf mein Rufzeichen hin nicht. Sobald ich Kontakt mit ihm habe, werden wir überlegen, was zu tun ist, ohne die Geiseln in Gefahr zu bringen."

„Eine gute Idee. Noch passiert hier nichts, alles ist ruhig. Vielleicht kommen sie auch erst morgen. Mein Gott, werde ich glücklich sein, wieder einen Explorer zu Gesicht zu bekommen. Es ist wie ein Märchen. Wir bleiben auf dieser Frequenz, damit ihr uns jederzeit erreichen könnt."

„Ich auch, Kommandant."

Sheldon lachte auf.

„Bin ich nicht mehr, ich leite eine Farm, Gnädigste."

Nun mußte auch Veri Conter lachen.

„Also gut, Farmer, dann bis später!"

Immer noch total benommen von der unglaublichen Neuigkeit gingen Sheldon und Tanger hinaus ins Freie. Vor dem Haus blieben sie stehen und sahen zu den Feldern, wo ihre Gefährten mit dem Tagwerk beschäftigt waren, ohne zu ahnen, was geschehen war. Von den Wirtschaftsgebäuden her kam Henderson herbei, die Waffe in der lose herabhängenden Hand.

„Heute scheinen die Kerle nicht mehr zu kommen."

Sheldon winkte ihn zu sich.

„Setz dich, Henderson. Wir haben dir etwas mitzuteilen. Wenn du stehen bleibst, besteht die Gefahr, daß du umkippst."

Der Schwede grinste verständnislos, befolgte aber den Rat.

Und dann, als Sheldon den ersten Satz ausgesprochen hatte, wurde er weiß wie eine Kalkwand und begann hemmungslos zu schluchzen.

Die Abordnung der Banditen erschien nicht an diesem Tag. Als es dunkelte, landete Marc Hansen in Begleitung Kevin O'Haras mit dem Gleiter im Farmhof.

Man begrüßte sich herzlich, und beide Seiten konnten ihre Freude nicht verbergen. Sie wollten es auch nicht, denn beide hatten ihr gemeinsames Ziel erreicht: die Rettung.

Aber noch war nicht alles vorbei. Das Problem mit den Geiseln in der Station mußte gelöst werden, und danach sollte die gefährliche Rückkehr ins eigene Universum erfolgen. Sheldon lachte und meinte:

„Das ist uns schon einmal gelungen, sonst wären wir jetzt nicht hier zusammen. Also wird es auch ein zweites Mal klappen."

„Hoffen wir es. Doch überlegen wir lieber, wie wir die Station der sogenannten Technos ohne Verluste zurückerobern. Vor allen Dingen müssen Sutter und Mae Denver herausgeholt werden."

„Wir werden sie *alle* befreien, Hansen!"

„Natürlich klar, Sheldon. Ich erwähnte nur eine Priorität."

Sie hatten sich alle im großen Aufenthaltsraum versammelt und ihre Erlebnisse ausgetauscht. Nur die Männer, die Wache hielten, konnten nicht dabeisein.

Zur Verstärkung der Verteidigung hatte Hansen einen mittelschweren Energiestrahler mitgebracht, den Sheldon auf dem Dach des Haupthauses installieren ließ.

Damit konnte das halbe Gebiet der Farm wirkungsvoll bestrichen werden. Auf Betäubung eingestellt, würde es kaum Opfer geben.

„Wir werden also nur im äußersten Notfall eingreifen, soweit es die Farm betrifft“, faßte Hansen später zusammen. „Über Funk werden wir ständig über die Lage unterrichtet. Wenn das hier vorbei ist, greifen wir gemeinsam die Station an. Wir haben da in der Zeit, die ihr hier auf der unglücklichen Erde verbracht habt, sehr wirksame Mittel entwickelt. Sie werden uns helfen, die Geiseln zu befreien, ohne auch nur einen einzigen Menschen umzubringen.“

„Mittel . . .?“ dehnte Sheldon voller Neugier.

„Lassen Sie sich überraschen, Sheldon. Mit Hilfe unserer Fernortung sehe ich mir diese Nacht noch die Station und ihre Struktur genauer an. Wir können nämlich auch durch Beton blicken.“

„Mich kann nichts mehr überraschen“, flüsterte Katrina und drückte heimlich unter dem Tisch die Hand ihres Mannes, von dem sie bald Abschied nehmen würde. Niemand, der nicht von dort kam, durfte mit nach Terra genommen werden.

Es war schon spät, als der Gleiter startete, um zur EX-79 zurückzufliegen.

Es war mittags, als die Staubwolke die Banditen ankündigte.

Sie zogen sich fast ausnahmslos in die Häuser zurück, bis auf Sheldon und Henderson, die gut gedeckt hinter dem Strahler lagen und warteten. Carlos, Jack und Harry Martin lauerten zur Verstärkung in den Stallungen und Scheunen. Sie hatten die Handstrahler. Es sollte kein Schuß fallen.

Etwa drei Dutzend Kerle unter dem Kommando Drakers ritten ohne jede Vorsichtsmaßnahme und ihrer Sache durchaus sicher in den Hof ein.

Allerdings stutzte Draker, als sich niemand blicken ließ. Er formte mit den Händen einen Trichter und rief:

„Hallo, wo steckt ihr denn? Kommt heraus und macht keine Dummheiten, sonst werden wir ungemütlich!"

Sheldon hob den Kopf nur ein wenig.

„Es wird besser sein, wenn *ihr* keine Dummheiten macht. Werft die Waffen weg und steigt von den Gäulen, sonst verletzt ihr euch noch, wenn ihr herunterfallt. Aber dalli!"

Draker verschlug es für einen Moment die Sprache, dann gab er seinen Leuten das Zeichen zum Angriff. Als sich die ersten Gewehre auf das Dach und die Türen der Häuser richteten, aktivierte Sheldon den auf Breitstreuung justierten Energiestrahler.

Noch ehe die Angreifer einen Schuß abgeben konnten, ließen sie die Waffen aus den kraftlos gewordenen Händen fallen und rutschten aus den Sätteln. Reglos blieben sie liegen. Sie waren für mindestens eine Stunde ausgeschaltet.

Henderson, Tanger und die anderen kamen aus ihren Verstecken und sammelten die Gewehre ein. Dann wurden die Bewußtlosen gefesselt, eingesammelt und in einem Werkzeugschuppen untergebracht. Jemand blieb bei ihnen, um sie zu bewachen.

Das alles hatte kaum eine halbe Stunde in Anspruch genommen. Tanger informierte Marc Hansen, der auch nichts anderes als eine Erfolgsmeldung erwartet hatte.

„Dann können wir uns ja gemeinsam um die Station kümmern, Tanger. Wie gehen wir vor?"

„Wir fahren mit dem Panzerwagen hin."

„Wie bereits erwähnt habe ich mir den Riesenbunker angesehen. Zwei Männer, wahrscheinlich die erwähnten Spencer und Walker, befinden sich in einem Raketensilo. Aber sie können anscheinend nichts unternehmen. Von innen gibt es also keine Unterstützung."

„Wir verlassen uns auf Ihre Wunderwaffe", scherzte Tanger.

„Ich nehme an, schon allein der Anblick des Kugelraumers genügt, die Festung einzunehmen."

„Wann steigt die Sache?"

„Sobald ihr bei der Station anlangt. Wenn ich das Signal bekomme, sind wir zehn Minuten später an Ort und Stelle. Den Rest haben wir ja gestern gemeinsam besprochen. Alles klar?"

„Bestimmt! In drei Stunden etwa werden wir dortsein."

„Abgemacht."

Zehn Minuten später war der gepanzerte LKW startbereit. Sheldon, Henderson, Carlos, die beiden Martinbrüder und Tanger mit dem Funkgerät waren an Bord. Dazu der Strahler. Der Rest blieb zur Bewachung der Banditen zurück.

Als die Station vor ihnen lag, knapp zwei Kilometer entfernt, konnten sie mindestens drei Dutzend Banditen erkennen, die im Freien herumstreiften, sich um die Pferde kümmerten oder einfach nur den Sonnenschein genossen.

Carlos fuhr unbeirrt weiter, bis sie bemerkt wurden. Aber die Leute Parko Ness' nahmen wohl an, daß es ihre eigenen Männer waren, die mit dem LKW von der inzwischen eroberten Farm kamen. Um so größer war ihre Überraschung, als Sheldon aus dem Führerhaus sprang und den Handstrahler auf sie richtete.

„Bleibt weit weg von der Station und stellt euch da drüben auf! Euch passiert nichts, wenn ihr vernünftig – he, du da! Stehenbleiben . . .!"

Nicht nur einer, sondern gleich ein ganzes Dutzend versuchte, in der Station zu verschwinden. Sheldon narkotisierte der Einfachheit halber die ganze Bande und legte sie schlafen. Die beiden Gebrüder Martin suchten sie nach Waffen ab, während Sheldon sich der offenen Stahltür näherte, ohne allerdings die Station zu betreten.

Fred Tanger nahm Verbindung zur EX-79 auf.

Über den Stations-Interkom waren Spencer und Walker stets über das informiert, was sich außerhalb des Raketensilos in der Station abspielte. Da sie auch den Beobachtungsraum überwachen konnten, besaßen sie sogar die Möglichkeit, über dessen Außenbildschirm die Vorgänge auf der Oberfläche zu verfolgen.

So erlebten sie die Ankunft des LKWs mit und dann wenig später die Überwältigung der draußen befindlichen Banditen. Parko Ness, der gleichzeitig Zeuge des Geschehens wurde, schäumte vor Wut, sah aber wohl ein, daß ein sofortiger Gegenangriff nichts brachte. Wenn er in der Klemme steckte, zog er Verhandlungen vor. Über den Außenlautsprecher wandte er sich an die sechs Männer von der Farm:

„Ihr habt also meinen gutgemeinten Vorschlag nicht angenommen, ganz im Gegenteil. Das werdet ihr büßen – in erster Linie allerdings eure Freunde hier in der Station. Ich gebe euch eine halbe Stunde, dann werden wir die erste Geisel erschießen. Verstanden?"

„Damit kommt ihr niemals durch!" rief Sheldon wütend zurück, und selbst Walker und Spencer konnten jedes Wort verstehen. „Macht euch auf eine böse Überraschung gefaßt. In zehn Minuten werdet ihr eine Entscheidung treffen müssen, von der es abhängen wird, ob ihr weiterlebt und in Frieden ziehen dürft, oder ob ihr sterbt."

„So ein Quatsch!" Ness schien langsam die Geduld zu verlieren. „Keiner von euch kann in die Station gelangen."

Das stimmte, denn die Stahltüren hatten sich geschlossen.

„Ist auch nicht nötig, Ness. Richtet eure Außenkameras mal in den Himmel, da gibt es etwas sehr Interessantes zu sehen."

Der Kugelraumer war zuerst nur ein runder, dunkler Ball im Blau des Himmels. Er wurde schnell größer, als er tiefer sank und in einer Höhe von hundert Metern mit seinem Schatten das Gelände verdunkelte.

Parko Ness stieß einen Fluch aus, der seine Fassungslosigkeit offenbarte. Cord, der neben ihm saß, sprang auf und schrie:

„Verdammt, was ist denn das?"

Ehe Parko Ness sich von der Überraschung erholen konnte, kam wieder Sheldons Stimme, dem Tanger vorher ein paar Worte zugeflüstert hatte. Tanger stand mit Veri Conter in Funkverbindung.

„Deine letzte Chance, Ness! Kommt ohne Waffen aus der Station, sofort! Und wehe, auch nur eine einzige Geisel wird angekratzt! Wir garantieren euch freies Geleit. Ihr habt zwei Minuten."

„Den Teufel werden wir tun", blieb der Chef der Banditen stur. „Ich habe schon ein paar Männer zu den Gefangenen geschickt. Sie werden sich zuerst diesen Sutter vornehmen. Nun, wie klingt das in deinen Ohren?"

„Nicht gut – für euch."

Sheldon nickte Tanger zu, der das vereinbarte Losungswort funkte.

Die EX-79 setzte den Hypnosestrahler ein, kombiniert mit Suggestivbefehlen und einer Zeitsperre.

Sheldon und seine Gefährten brauchten nicht lange zu warten.

Mehrere Stationseingänge öffneten sich. Gemütlich, als handele es sich um einen harmlosen Spaziergang, kamen die Banditen, einer nach dem anderen, heraus an die Oberfläche. Sie sprachen nicht, aber ihre Gesichter verrieten gute Laune und Zufriedenheit.

„Der da ist Parko Ness", sagte Carlos und zeigte auf den Anführer, der mit einem abwesenden Lächeln dicht am LKW vorbeimarschierte. Den in geringer Höhe schwebenden Kugelraumer schien er nicht zu bemerken.

„Der Hypnosebefehl wird erst in Tagen aufgehoben. Bis dahin haben sich die Technos neu eingerichtet und wehren jeden Angriff ab. Und wir sind dann nicht mehr auf der Farm."

„Was ist mit den Geiseln – mit Sutter und Mae?"

„Wir holen sie gleich, denn sie können ja nicht raus."

Die EX-79 landete in einiger Entfernung. Marc Hansen und ein halbes Dutzend Männer und Frauen kamen heraus und gingen zu Sheldon und seinen Gefährten. Jack und Harry starrten noch immer fassungslos auf die riesige Kugel, die ruhig auf ihren Landebeinen stand.

Während die plötzlich unglaublich friedfertig gewordenen Banditen auf ihre Pferde stiegen und in gemächlichem Tempo in alle möglichen Richtungen davonritten, wurden die Geiseln befreit. Kaum aus der Station, desaktivierte der verantwortliche Mann in der EX-79 die Zeitsperre. Die wie unter Trance stehenden Technos wurden von einer Sekunde zur anderen wieder zu normalen Menschen mit eigenem Willen.

Sutter und Mae sahen erst jetzt den Kugelraumer auf seinen Landestützen und begriffen, was geschehen war. Sheldon und Marc Hansen kamen ihnen mit ausgestreckten Händen entgegen. An ihnen vorbei drängte sich Carlos und riß Mae in seine Arme.

„Es ist also doch gelungen!“ Sutter schüttelte die Hände der Freunde. „Neunzehn Jahre hat es gedauert, aber nun ...“

„Siebenunddreißig Jahre“, korrigierte Hansen. Und mit einem feinen Lächeln fügte er hinzu: „Terra-Zeit!“

Spencer stieß zu der Gruppe, bedankte sich für das hilfreiche Eingreifen und deutete dann zur EX-79.

„Kann mir vielleicht einmal jemand erklären, wie so ein Monstrum sich auch nur um einen halben Meter von der Oberfläche erheben kann?“

Marc Hansen mußte unwillkürlch lachen.

„Versuchen können wir es ja, aber vielleicht ist es auch besser, Sie erfahren es nicht. Für diese Welt ist es noch zu früh – oder zu spät, je nachdem, wie man es betrachtet. Lernen Sie aus Ihren Erfahrungen, wie sich künftig Katastrophen der gehabten Art vermeiden lassen. Es ist mir ohnehin ein Rätsel, wie es so schnell passieren konnte.“

„Das weiß niemand. Wir wissen nur, daß selbst natürliche Entwicklungen, für die Wissenschaftler Jahrhunderte prognostizierten, im Verlauf weniger Jahre eintreten. Als das Eis zu schmelzen begann, rechnete man mit einem Steigen der Ozeane um Millimeter pro Jahr, und dann wurden es an die zehn Zentimeter. Ähnlich verhielt es sich mit den anderen vorausgesagten Gefahren. Ehe richtig verstanden wurde, was da vor sich ging, war es bereits geschehen und konnte nicht mehr rückgängig gemacht werden. Nicht einmal fünfzig Jahre waren nötig, das Gesicht der Erde radikal zu verändern."

General Walker kam herbeigestelzt.

„In meiner Eigenschaft als Stationsleiter darf ich Sie alle zu einer kleinen Feier im Freien einladen. Es ist alles vorbereitet."

Man hatte Tische und Bänke aus der Station an die Oberfläche gebracht, Essen und Getränke folgten. Obwohl es schon zu dämmern begann, machte das Wetter mit. Immer wieder wanderten kleinere Gruppen in Richtung der EX-79, um das Wunder aus der Zukunft zu bestaunen.

Es war schon Mitternacht, als Walker „Zapfenstreich" verkündete.

Carlos und Mae fuhren den LKW zurück zur Farm, doch Sheldon und die anderen waren vor ihnen dort, denn der Gleiter der EX-79 brachte sie.

Es dauerte noch einmal eine Stunde, bis die Neugier der auf der Farm Zurückgebliebenen befriedigt war.

Sheldon war froh, als er endlich im Bett lag, und da war er nicht der einzige.

Nach einer kurzen Behandlung durch den Hypnostrahler der EX-79, die am anderen Vormittag in der Nähe der Farm gelandet war, zogen die Banditen in südlicher Richtung davon. Sie würden später nicht mehr wissen, was geschehen war, aber Marc Hansen versicherte dem alten Martin, daß er in Zukunft nichts mehr von ihnen zu befürchten habe. Aus den Plünderern würden friedliche Bürger oder Bauern werden.

Fred Tanger erhielt nach langer Konferenz mit Hansen und Sheldon die Erlaubnis, zurückbleiben zu dürfen, weil er seine Frau Katrina und die Kinder nicht mit nach Terra nehmen konnte. Das geschah nicht zuletzt auch auf den Wunsch Ray Martins hin.

Zwei Tage später nahte die Stunde des Abschieds. Mit dem Hubschrauber waren Spencer und Wendler gekommen, die sich noch einmal im Namen der Technos für die rettende Hilfe bedankten.

Als sich der Kugelraumer schwerelos von der Erdoberfläche trennte und langsam in den blauen Himmel emporstieg, sah Sheldon mit gemischten Gefühlen auf den großen Bildschirm. Da lag die Farm unter dem Schiff, und auf dem Hof und den Feldern winkten die Menschen zu ihm herauf, mit denen er so lange zusammengelebt hatte. Sie hatten das Schlimmste überstanden, und die Erde erholte sich von dem Klimaschock, der Ölpest, der Radioaktivität und den alles vergiftenden Abfallhalden.

Fred Tanger nahm noch einmal Kontakt auf.

„Grüßt Terra!“ funkte er.

Marc Hansen wandte sich an Sheldon, der neben ihm vor den Kontrollen saß.

„Es ist Ihnen vor neunzehn Jahren gelungen, die Grenze zu unserem Universum zu durchbrechen. Ich werde mich also nach Ihren Angaben richten, Sheldon. Betrachten Sie sich als Zweiten Kommandanten meines Schiffes. O'Hara wird sich dadurch nicht benachteiligt fühlen.“

„Nur so lange“, schränkte Sheldon ein, „bis wir durch sind.“

Der Raumer zog am Mond vorbei und beschleunigte, um das Sonnensystem so schnell wie möglich hinter sich zu lassen.

Bis zur entscheidenden Phase des Rückflugs würden noch Stunden vergehen. Sheldon entschuldigte sich und ging zu der Kabine, die ihm zugeteilt worden war. Er wollte allein sein, um zum hundertsten Mal darüber nachzudenken, was er erlebt hatte und warum das alles geschehen war. Er hatte die Existenz einer Parallelerde akzeptiert, weil er sie mit eigenen Augen erblickt hatte.

Trotz der verwirrenden Gedanken und Überlegungen schlief er ein, kaum, daß er sich auf dem Bett ausgestreckt hatte.

Als das Sonnensystem weit genug hinter der EX-79 lag, ließ Marc Hansen ihn wecken.

In Terrania wurden Kommandant Sheldon und die überlebenden dreizehn Mitglieder seiner Crew wie Helden empfangen, als die EX-79 mit der üblichen Routine auf dem Raumhafen gelandet war.

Später bat Perry Rhodan die beiden Kommandanten zu sich.

Ausführlich ließ er sich berichten, und sein Gesichtsausdruck wurde immer nachdenklicher, sogar ein wenig besorgt. Hoch über der Stadt saßen sie in dem nüchtern ausgestatteten Raum und konnten durch die großen Fenster bis hinüber zum Raumhafen sehen.

„Ich fürchte", sagte er schließlich, „daß Sie Ihre beiden Mannschaften zum Schweigen verpflichten müssen. Zumindest was die Flugkoordinaten und weitere astronautische Einzelheiten angeht. Der unterschiedliche Zeitablauf ist ein Phänomen, mit dem sich Wissenschaftler befassen sollten, ohne daß sie nähere Details erfahren müssen."

„Ganz wird sich das Geschehene nicht verheimlichen lassen", befürchtete Marc Hansen. „Ihr ganzes Leben lang können die Leute nicht schweigen. Aber ich kann dafür garantieren, daß Daten niemals ausgeplaudert werden."

„Ich auch", pflichtete Sheldon ihm bei.

Rhodan sah sie an und nickte.

„Das glaube ich Ihnen. Warnen Sie trotzdem alle Beteiligten. Gerüchte wird es genug geben, aber die richten keinen Schaden an."

„Warum eigentlich diese Geheimnistuerei?" fragte Hansen, und er wußte, daß Rhodan ihm die Frage nicht übelnehmen würde.

„Warum?" Rhodan lehnte sich zurück und schloß für Sekunden die Augen, als wolle er etwas sehen, das optisch nicht wahrzunehmen war. „Die Abspaltung geschah etwa in den Sechzigern oder Siebzigern. Würde das bekannt, könnte jemand auf die nicht so absurde Idee kommen, uns dafür verantwortlich zu machen. Mit dem Auftauchen der Arkoniden 1971 erlebte unsere Welt einen Schock, wenn auch einen positiven. Aber fragen Sie mich nur nicht, wieso er das Raum-Zeit-Gefüge durcheinanderbringen konnte. Ich weiß es nicht."

„Auf der anderen Erde gab es niemals die Arkoniden."

„Eben!"

Als Hansen und Sheldon zur EX-79 zurückkehrten, in der beide Crews auf neue Anweisungen warteten, waren ihre Gefühle zwiespältig, aber nach außen hin wirkten sie sicher und optimistisch. Die Männer und Frauen wurden von Rhodans Bitten informiert, so daß ihnen Hansen zum Schluß mitteilen konnte, daß ihnen allen ein längerer Urlaub bevorstand.

Besonders Sheldon und seine Crew hatten in dieser Hinsicht nach Dienstvorschrift neunzehn Jahre nachzuholen.

Werner Sutter gab allerdings zu bedenken, daß es sich

hierbei nicht um neunzehn, sondern um ganze siebenunddreißig Jahre handele, in denen sie keinen Terra-Urlaub erhalten hätten.

Sheldon und Marc Hansen versprachen, diesbezüglich ein gutes Wort für sie beim Befehlshaber der Explorerflotte einzulegen.

Abends feierten sie in Terrania, und zu ihrer Überraschung tauchte Reginald Bull mit todernstem Gesicht in der „Bar zu den drei Planeten“ auf. Er setzte sich zu ihnen. Sein Gesicht kündete eine Neuigkeit an, die entweder für ihn oder für die beiden Crews unangenehm sein mußte. Er ließ sie eine Weile warten, ehe er sagte:

„Es geht ja noch an, daß die neunzehn oder siebenunddreißig Jahre ohne offiziellen Urlaub anerkannt werden, Kommandant Sheldon, aber daß euer Admiral die Heuer für die gesamte Besatzung der EX-27 nachzahlen will, geht mir über die Hutschnur.“ Er wartete, bis der Jubel sich gelegt hatte. „Aber Rhodan hat zugestimmt. Die Druckpressen laufen schon. Morgen gibt es Geld, Leute.“

Sie fielen über ihn her und erdrückten ihn fast vor Begeisterung. Nur mit Mühe und Not gelang es ihm, zwischen ihren Beinen hindurch zur Theke zu gelangen, um endlich einen Drink zu ergattern.

E N D E

Science Fiction in der Verlagsunion Pabel-Moewig KG

Taschenbücher:

PERRY RHODAN	Nr. 323	Clark Darlton: **Gestrandet auf Terra II**

Hefte:

PERRY RHODAN (1. Auflage)	Nr. 1485	Peter Griese: **Werkstatt der Sucher**
	Nr. 1486	H. G. Ewers: **Mission auf Akkartil**
	Nr. 1487	H. G. Francis: **Rebellion in der Gen-Fabrik**
	Nr. 1488	K. H. Scheer: **Söhne der Hölle**
PERRY RHODAN (3. Auflage)	Nr. 888	Kurt Mahr: **Überfall der Malgonen**
	Nr. 889	Kurt Mahr: **Der Kampf um Quostoht**
	Nr. 890	Ernst Vlcek: **Auge zum Hyperraum**
	Nr. 891	Hans Kneifel: **Geschenk der Götter**
PERRY RHODAN (4. Auflage)	Nr. 644	Hans Kneifel: **Goliath aus der Vergangenheit**
	Nr. 645	Kurt Mahr: **Die Catron-Ader**
	Nr. 646	William Voltz: **Kontakte mit der Ewigkeit**
	Nr. 647	H. G. Ewers: **Intrigen auf Payntec**
PERRY RHODAN (5. Auflage)	Nr. 384	H. G. Ewers: **Die Welt der Unsichtbaren**
	Nr. 385	Hans Kneifel: **Die letzten von der FRANCIS DRAKE**
	Nr. 386	William Voltz: **Hilfe von Sol**
	Nr. 387	H. G. Ewers: **Spur zwischen den Sternen**